AF459276

L'ENFANT INDOCILE,

COMÉDIE

En quatre Actes ou en cinq, si on le juge à propos.

Les effets, presque toujours nécessaires, de telle ou telle conduite sur des caractères fortement dessinés, peuvent incontestablement fournir, je ne dirai pas des moyens d'instruction aussi puissans, (ce point de vûe seul exciteroit peut-être médiocrement l'émulation & la curiosité); mais un intérêt aussi soutenu, un dialogue aussi vif, des contrastes aussi frappans, des tableaux aussi animés, des situations, disons aussi singulières, que les défauts dont le ridicule a été le mieux saisi : ce sera donc la faute de l'Auteur & non celle du genre, si l'essai qu'il présente au Public n'a pas cette vigueur Théâtrale qui lui eût assuré un plein succès. Le zèle ouvre la carrière, c'est au génie à la parcourir.

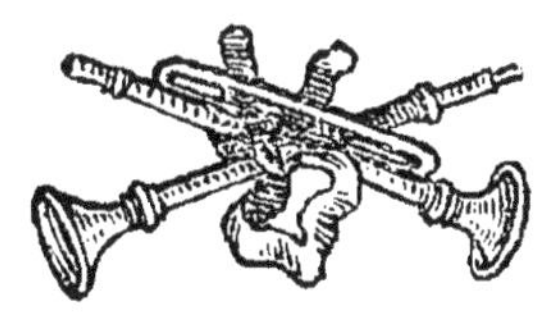

A LONDRES;

Et se trouve à PARIS,

Chez CLOUSIER, Imprimeur-Libraire, rue Saint-Jacques, vis-à-vis les Mathurins.

M. DCC. LXXIX.

PERSONNAGES

DE LA PIÈCE.

LISIMON, *père d'Eugénie.*

ARAMINTE, *mère d'Eugénie.*

EUGÉNIE, *fille de Lisimon & d'Araminte.*

PERCI, *frère de Lisimon.*

CÉPHISE, URANIE, } *Femmes de la société d'Araminte.*

DORANTE, VALERE, } *Hommes de la société d'Araminte.*

LISETTE, *Femme-de-chambre d'Araminte.*

NÉRINE, *Femme de confiance que Lisimon a placée auprès d'Eugénie.*

LE FRANC, COMTOIS, } *Gens de Lisimon.*

UN COCHER, LA FLEUR, } *Gens de Céphise.*

L'ENFANT INDOCILE,

COMÉDIE.

ACTE PREMIER.

SCÈNE PREMIÈRE.

ARAMINTE, PERCI.

ARAMINTE.

JE n'y tiens plus, Monsieur ; vous êtes l'oncle d'Eugénie, il faut déterminer Lisimon à prendre un parti ; qu'il la marie ou qu'il la mette au couvent : je ne saurois plus vivre avec un enfant aussi indocile, aussi mutin, aussi opiniâtre : non, la patience d'un Ange n'y résisteroit pas.

PERCI.

Je conviens qu'Eugénie eſt très-vive, très-mutine, c'eſt un petit démon ; mais vous n'êtes pas un Ange, ma ſœur ; cependant votre fille eſt bien jeune pour ſonger à la marier.

ARAMINTE.

Eh bien, Monſieur, qu'on la mette au Couvent.

PERCI.

Il n'y a que trois mois qu'elle en eſt ſortie ; ſi elle avoit ces défauts quand elle y eſt entrée, on y a donc manqué de talents ou de volonté pour l'en corriger ; ſi elle a pris ces défauts au Couvent, comment eſpérer qu'on la corrigera où elle s'eſt gâtée. Je penſerois comme mon Frere, j'eſſaierois le pouvoir des ſoins paternels.

ARAMINTE.

Qu'ont-ils produit depuis trois mois ?

PERCI.

Peu de choſe.... Mais, vous voyez, vous êtes preſqu'auſſi impatiente que votre Fille.

ARAMINTE.

Oh ! Je vous avoue que je ſuis outrée de ſes impertinences & plus excédée encore de la façon bête dont on les encenſe.

PERCI, *(après un moment de ſilence & avoir fixé ARAMINTE.)*

Liſimon n'eſt choqué des défauts de perſonne ; il en accuſe toujours les circonſtances ; il prétend même, ma chere Sœur, que ſi l'on apperçoit quelques légeres imperfections dans votre caractere.....

ARAMINTE, *l'interrompant.*

Je vous prie, Monſieur, qu'il ne ſoit ici queſtion que d'Eugénie.

PERCI.

Soit.... Liſimon prétend qu'Eugénie d'abord abandonnée à elle-même, enſuite mal conduite, ce qui eſt bien pis encore, eſt un compoſé d'enfance de raiſon, de naïveté de fineſſe, de roideur de ſenſibilité, de pétulance de réflexion, dont il eſt encore poſſible de tirer parti : ſi vos occupations.... vos grandes occupations....

ARAMINTE.

Si mes occupations?

PERCI.

Vous avoient permis.....

ARAMINTE *du même ton que* PERCI.

Quoi, s'il vous plaît.

PERCI, *bruſquement.*

D'être mère, s'il faut parler bref: car enfin lorſqu'une affaire malheureuſe obligea votre mari à ſortir du Royaume, à ſe ſéparer de ſa femme, de ſa fille, que fîtes-vous de cette fille qui étoit auſſi la vôtre?

ARAMINTE.

Je la mis entre les mains d'une femme unique pour la douceur.

PERCI.

Qui lui laiſſa faire tout ce qu'elle voulut.

ARAMINTE.

Parce qu'elle ne vouloit rien faire de ce qu'on lui demandoit.

PERCI.

Fort bien; & Liſimon prétend

ARAMINTE *l'interrompant.*

Lisimon est un homme à systêmes, qui le plus souvent n'a pas le sens commun.

PERCI *d'un ton ironique.*

D'ailleurs vous réparâtes si bien ce premier tort, lorsqu'après neuf ans seulement, de cette indépendance, vous la mites au Couvent.

ARAMINTE.

Au Couvent, sous la direction d'une femme pleine d'esprit, de raison, ferme sur-tout.

PERCI.

Qui se fit un principe de la contrarier du matin au soir, *bravissima!* complaisance aveugle quand il falloit contraindre, & que cela se pouvoit sans inconvénient; contradiction suivie quand il falloit raisonner; il est vrai que Lisimon

ARAMINTE *l'interrompant.*

Toujours Lisimon! eh, Monsieur, ses préventions contre le Couvent n'en sont pas moins absurdes pour être étayées des vôtres.

PERCI.

Des préventions contre le Couvent; moi? point du tout; & la seule différence qu'il y ait entre vous & moi, c'est que je ne les crois qu'utiles, très-utiles même à quelques égards; mais si j'étois femme, avec un mari que je n'aimasse point du tout, des enfans que j'aimasse très-peu, & un Amant que j'aimasse beaucoup, je les déclarerois d'une nécessité absolue, & je bénirois à chaque instant de ma vie l'esprit sublime à qui l'on doit une aussi belle institution.

ARAMINTE.

Les Sarcaſmes ne prouvent que le mauvais eſprit de ceux qui en font uſage.

PERCI.

Et ſi l'expérience décidoit en faveur des jeunes perſonnes élevées par des mères tendres, raiſonnables, indulgentes; car il en eſt, ma ſœur, vous ne le croyez pas, mais je réponds d'Eglé, de Cécile, d'Anténore.

ARAMINTE.

Anténore ! Ha, ha, ha. Le modèle eſt unique. Une femme à qui j'ai oui-dire, qu'elle ne devoit peut-être ſa vertu qu'à la compagnie de ſa fille, qui ne la quitte non plus que ſon ombre.

PERCI.

Ne plaiſantez pas; une femme ſeroit un miracle, ſi elle ne ſe permettoit pas hors des yeux de ſa fille, bien des bagatelles, qu'elle n'oſeroit ſe permettre en ſa préſence, & c'eſt par des bagatelles que les plus grandes héroïnes ont commencé. Anténore a raiſon; une fille eſt bien ſouvent la ſauve-garde de la vertu de ſa mère; mais quand elle n'en ſeroit que le témoin, l'exemple a ſon utilité.

ARAMINTE.

Ce ſeroit acheter fort cher le bonheur d'être mère, s'il falloit avoir toujours ſa fille attachée à ſes côtés.

PERCI.

Cela ne ſuffiroit pas cependant, il faudroit encore fermer ſa porte à ces hommes vicieux, à ces jeunes gens tout près de l'être, à ces extravagantes ſans mœurs & ſans décence,

& ſur-tout à ces femmes nées dans l'obſcurité, produites par l'opulence, mais bientôt ruinées par l'inconduite, & maintenant ſoutenues par l'intrigue. Un Dorante, une Uranie, une Céphiſe, votre ſociété enfin, à la réſerve de Valère qui n'en ſera pas long-tems ou ſera bientôt du même calibre.

ARAMINTE *de l'air le plus ému.*

Vous êtes, Monſieur,

PERCI *l'interrompant d'un ton ferme & tranquille.*

Je ſuis, Madame, avec vous, comme avec tout le monde, d'une aiſance & d'une vérité, dont je permets qu'on uſe à mon égard.... ne vous gênez donc pas, ma ſœur, mais ne comptez pas ſur moi, lorſqu'il s'agira d'engager Liſimon à ſacrifier ſa fille pour vous en débarraſſer.

SCÈNE II.

ARAMINTE.

Je lui parlerai donc moi-même ; & s'il eſt auſſi intraitable ſur la propoſition du mariage, que j'ai lieu de croire qu'il le ſeroit ſur celle du Couvent, il faudra bien voir à l'amener par adreſſe, où je n'aurai pu le conduire par la raiſon ; & dans ce cas Céphiſe me ſera de la plus grande utilité : oui, cette même Céphiſe, avec qui l'on eſt ſi choqué de me voir liée : croit-il m'apprendre qu'elle eſt née dans l'obſcurité ? Mais que m'importe ſa naiſſance ? c'eſt de ſa dextérité que j'ai beſoin, & je ne ſais rien de ſi fécond en moyens, en reſſources..... Elle n'eſt pas délicate ſur le choix; eh bien, c'eſt un article ſur lequel je ne m'abandonnerai pas à ſa diſcrétion.... Ah Ciel! voici l'objet d'une idolatrie, qu'on ne trouvera jamais que chez un père.

SCÈNE III.

ARAMINTE, EUGÉNIE, *en négligé, s'avançant fort vîte.*

ARAMINTE.

COMME elle eſt faite!... C'eſt une choſe étrange, Mademoiſelle, que vous ne ſoyez pas encore habillée; ne vous l'avois-je pas fait dire par Liſette?... Elle ne répond rien. Oui, je défie qu'on y puiſſe tenir.... Comme elle eſt coëffée! Comme elle s'eſt préſentée!... Avez-vous achevé cette broderie?... Vous plairoit-il de me répondre?...... Levez du moins la tête. Elle la baiſſe!

SCÈNE IV.

LISIMON, ARAMINTE, EUGÉNIE.

ARAMINTE.

VENEZ, Monſieur, & voyez ſi vous pourrez arracher un mot de Mademoiſelle : c'eſt ce qui ne m'a pas été poſſible depuis une heure que je ſuis avec elle : je ne ſuis que ſa mère, il eſt vrai, & les pères ont des priviléges bien plus étendus : d'ailleurs vous êtes pourvu d'une patience plus qu'humaine ; vous réuſſirez, ſans doute, & vous m'obligerez de venir enſuite chez moi me faire part de votre triomphe. J'aurois auſſi à vous entretenir d'une affaire très-importante.

SCÈNE V.

LISIMON, EUGÉNIE.

LISIMON, *avec douceur.*

EUGÉNIE, tu n'as pas répondu à ta mère ?

EUGÉNIE, *avec vivacité.*

Répondu ? Voyez vous-même ; je vous

quitte, elle dit qu'il y a une heure que je ſuis avec elle ; elle me gronde de ce que je ne ſuis pas habillée, la Couturière ne m'a pas encore apporté la robe qu'elle m'a dit de prendre aujourd'hui : elle dit que je ſuis mal coëffée, elle a toujours eu ſes deux femmes, & je ne ſçais pas me coëffer ; elle me dit que je me préſente mal, parce que je n'ai pas été une heure à faire la révérence. Elle me demande, ſi je n'ai pas achevé un ouvrage que je n'ai que depuis deux jours, & qu'une Brodeuſe en titre, n'acheveroit pas en quatre ; elle eſt ſurpriſe que je baiſſe la tête à de pareilles queſtions, elle auroit été choquée ſi j'avois levé les épaules.

LISIMON.

Ma Fille, ta mère aura toujours raiſon d'être choquée, quand tu te permettras des manières peu reſpectueuſes avec elle.

EUGÉNIE, *en frappant du pied.*

Mais je n'ai pas eu ces manières peu reſpectueuſes.

LISIMON.

Je ne dis pas cela.

EUGÉNIE, *avec vivacité.*

Pourquoi le ſuppoſer ?

LISIMON.

Cela eſt vrai, j'ai tort. Eh bien, je dirai donc que ta mère auroit raiſon d'être fâchée ſi tu te permettois des manières peu reſpectueuſes. *(Eugénie fait un geſte d'impatience.)* Mais que je ſuis bien ſûr que tu ne t'en permettras jamais, parce cela ſeroit...... déplacé. *(Eugénie fait un geſte d'indifférence.)* Parce que cela m'affligeroit. *(Eugénie soupire.)* Parce que manquer à ta mère, c'est te manquer à toi-même, c'est me manquer, ma chère Enfant. *(Eugénie se jette dans les bras de son Pere qui en la tenant embrassée, lui dit)* Oui mon Enfant, nos droits sont les mêmes.

EUGÉNIE, *(Elle se retire avec vivacité des bras de Lisimon, prend une de ses mains qu'elle baise avec action.)*

Ah ! Vous avez de plus qu'elle, ceux que vous donne votre tendresse pour moi ; elle ne peut me souffrir.

LISIMON.

C'est ce que tu ne dois pas croire.

EUGÉNIE, *avec vivacité.*

Pourquoi? cela m'est bien égal.

LISIMON.

Cela ne t'est pas égal ; lorsque je t'amenai passer un mois à la Campagne, nous allâmes chez elle ensemble, avant de partir....... Elle t'embrassa.... Elle te dit bas quelques mots qu'elle accompagna d'un serrement de main.... Les larmes te vinrent aux yeux, tu me l'as dit toi-même.

EUGÉNIE.

Je vous ai dit aussi qu'il falloit que j'eusse été bien imbécille pour m'être laissée attendrir par une marque si peu coûteuse, d'une amitié que j'étois bien sûre qu'elle ne sentoit pas.

LISIMON.

Cela ne signifie autre chose, sinon que tu voudrois ne la pas aimer parce que tu penses qu'elle ne t'aime pas ; mais.... si tu pouvois.... te persuader le contraire.... là, conviens que tu ne serois pas humiliée de ce petit attendrissement que tu te reproches aujourd'hui.

EUGÉNIE, *d'un air de dépit.*

Je ne sais pas, mon Papa, comment je puis vous aimer vous-même; depuis que vous êtes ici, je ne fais rien de ce que je veux, & vous voulez me forcer de croire..... *(avec vivacité)* ce que je ne veux pas croire.

LISIMON.

Embrasse-moi. *(Elle l'embrasse)* Te forcé-je aussi de faire.... *(presque du ton d'Eugénie)* ce que tu ne veux pas faire.

EUGÉNIE.

Ah! Mon bon Papa.

LISIMON.

Quand pourai-je dire ma bonne Fille?

EUGÉNIE.

Tout-à-l'heure.

LISIMON.

Vas chez ta mère.

EUGÉNIE, *d'un air décidé.*

Je n'irai pas.

LISIMON.

Pourquoi?

EUGÉNIE, *mollement.*

Je ne saurois.

LISIMON.

Pourquoi?

EUGÉNIE, *vivement.*

Parce que je ne veux pas.

LISIMON, *d'un air plus sérieux.*

Je te dis d'aller, & tu ne veux pas?

EUGÉNIE.

Non, je ne veux pas.

LISIMON.

Je t'en prie, ma chère Enfant.

EUGÉNIE.

Hé pourquoi m'en priez-vous?

LISIMON, *après un moment de ſilence.*

Je veux, tu ne veux pas; je te prie, tu me demandes la raiſon que j'ai de te prier: ſoit, je ſerai toujours bon pere; toi, tu ſeras bonne fille.... quand tu pourras; c'eſt parce que ta mère croit que tu as tort, & qu'il t'eſt facile de la déſabuſer.

EUGÉNIE.

Elle en ſeroit bien plus en colère.

LISIMON.

Vraiment, ſans doute, ſi tu lui diſois que tu viens tout exprès pour lui dire que c'eſt elle qui a tort, mais ſi tu lui portes cet ouvrage qu'elle trouve mauvais que tu n'ayes pas encore achevé; ſi tu n'as pas l'air de te ſouvenir de ce qui s'eſt paſſé; ſi tu lui dis, Maman, je vous apporte mon ouvrage, j'ai peur qu'il ne ſoit pas bien fait, car je me ſuis beaucoup preſſée, je ne l'ai eu, comme vous ſavez, qu'avant-hier, & j'ai déja brodé depuis ici juſque-là; mais ſi vous ne le trouvez pas bien, j'irai plus doucement, & je ferai mieux.

EUGÉNIE.

Ce ſeroit bien plus que de lui dire qu'elle a tort, ce ſeroit le lui prouver.

LISIMON.

Ce ſera elle-même qui le verra, ſans qu'il

paroiſſe que tu ayes l'intention de le lui montrer : ſi tu employois de ces petites ruſes avec moi, je te devinerois peut-être, & je dirois intérieurement, la friponne! elle me connoît, elle ſait combien je ſuis foible, elle me ménage ; tant mieux ; quand je ſerai vieux, caſſé, impotant, que je ne pourrai même plus étendre mes bras vers elle, alors, elle aura pitié de mes infirmités, comme elle a maintenant égard à ma foibleſſe.

EUGÉNIE.

Si j'aurai pitié de vous ! Ah comme j'en aurai ſoin !

LISIMON.

Si ton Papa, qui n'auroit plus alors d'autres plaiſirs que ceux que tu pourrois lui faire, qui ſeroit peut-être abandonné de tout le monde : hélas ! c'eſt le ſort des Vieillards, ce ſera le mien, tu me reſteras ſeule, Eugénie.... Si je te demandois alors quelque choſe, me refuſerois-tu ?

EUGÉNIE, *avec attendriſſement.*

Vous refuſer, vous refuſer, moi ! je voudrois que vous puſſiez imaginer quelque choſe de bien impoſſible, bien impoſſible.

LISIMON.

Si je te diſois, ma chère Eugénie.... Vas chez ta mère.

EUGÉNIE. *Elle court, appelle & ſonne en même-tems.*

Nérine, Nérine, Nérine.

SCÈNE VI.

EUGÉNIE, LISIMON, LEFRANC.

EUGÉNIE *à Lefranc.*

APPELLEZ Nérine.

SCÈNE VII.

LISIMON, EUGÉNIE.

EUGÉNIE, *elle appelle & sonne en même-tems.*

LE Franc, le Franc, le Franc.

SCÈNE VIII.

EUGÉNIE, LISIMON, LE FRANC.

EUGÉNIE.

DITES à Nérine d'apporter mon ouvrage.

SCÈNE

SCÈNE IX.

LISIMON, EUGÉNIE.

LISIMON, *il a toujours eu les yeux attachés sur* EUGÉNIE.

TU es bien folle.

EUGÉNIE.

Vous me dites que je suis folle, cela ne me fâche point; si Maman me l'avoit dit, je ne me posséderois pas.

LISIMON.

Pourquoi?

EUGÉNIE.

Parce qu'en me disant que je suis folle, elle auroit pris un air de sagesse.... qui seroit bien de son âge, mais....

LISIMON.

Ma fille, ta mère.... ma femme.

EUGÉNIE.

Pourquoi cherche-t-elle toujours à m'humilier?

SCÈNE X.

LISIMON, EUGÉNIE, NÉRINE.

NÉRINE.

MADEMOISELLE, voici votre ouvrage.

LISIMON.

Vas chez ta mère, je vais t'y joindre dans un moment.

SCÈNE XI.

EUGÉNIE, NÉRINE.

EUGÉNIE, *elle examine l'ouvrage.*

OUI ! qu'on trouve une brodeuſe à la journée, qui en faſſe autant dans quatre jours.

NÉRINE.

Oh! je ſais que....

EUGÉNIE.

Et qui le faſſe mieux.

NÉRINE.

Certainement quand.....

EUGENIE.

Qui le faſſe ſi bien.

NÈRINE.

Quand il vous....

EUGÉNIE.

Regarde, regarde, examine-le bien.

NÉRINE.

Il est vrai, Mademoiselle, que vous travaillez d'une vîtesse étonnante & comme les Fées.

EUGÉNIE.

A quoi cela sert-il? Maman ne sera pas contente; mais, n'importe, mon Papa le veut: viens.

NÉRINE.

Il faut attendre un instant, Madame est renférmée avec sa Marchande de modes.

EUGÉNIE.

Ah! qu'elle y reste. *(Elle rêve, ensuite fixe Nérine).* Tu parles de Fées, Nérine.... en as-tu vu?

NÉRINE.

Non, Mademoiselle.

EUGÉNIE.

Ni moi. Ne croyoient-elles pas me faire peur avec ces Fées! je me souciois de leurs Fées Carabosses, de leurs Fées dentues, & de leurs Fées sans dents, tout comme d'elles-mêmes: quand je l'ai dit à mon Papa, il a fort assuré que j'avois raison.

NÉRINE.

Si vous vouliez, Mademoiselle, je vous arrangerois un peu.

EUGÉNIE.

Non: vas dire à Lisette de m'avertir quand cette Marchande de Modes sortira.

SCÈNE XII.

EUGÉNIE, *seule.*

JE voudrois bien savoir ... quels secrets on peut avoir avec une Marchande de Modes.

SCÈNE XIII.

EUGÉNIE, NÉRINE.

NÉRINE.

JE vous prie, Mademoiselle, que je vous attache seulement une épingle.

EUGÉNIE.

Tiens.

NÉRINE.

Une autre encore.

EUGÉNIE.

Fais-donc vîte.

NÉRINE.

Celle-ci.

EUGÉNIE.

Tu m'ennuyes.

NÉRINE.

Vos cheveux ne sont pas très-bien, si vous vouliez?

EUGÉNIE.

Laisse-moi tranquille, qu'est-ce que cela me fait.

NÉRINE.

Comment, Mademoiselle, ce qui fait à tant d'autres, ne vous fait rien du tout?

EUGÉNIE.

Pourquoi veux-tu que je me règle sur les autres?

NÉRINE.

Mais, Mademoiselle, mais....

EUGÉNIE.

Mais?... eh bien, allons, voyons, dis donc, parles-donc, vois-tu? Tu ne sais que dire.

NÉRINE.

Si Monsieur ne m'avoit pas défendu de vous dire mes idées, vous verriez, Mademoiselle, que je sais aussi-bien parler qu'aucune suivante de Comédie.

EUGÉNIE, *elle se recueille, & après avoir un peu rêvé.*

C'est que mon papa voit que tu n'as pas de raison, & que tu m'impatienterois.

SCÈNE XIV.

EUGÉNIE, LISETTE, NÉRINE.

LISETTE.

LA Marchande de Modes eſt ſortie.

EUGÉNIE.

Viens, Nérine, viens.

SCÈNE XV.

EUGÉNIE, PERCI, NÉRINE.

PERCI.

LISIMON n'eſt pas ici?

EUGÉNIE.

Il vient de ſortir, & doit ſe rendre chez Maman, où il m'a dit d'aller l'attendre.

SCÈNE XVI.

LISIMON, PERCI, EUGENIE, NÉRINE.

LISIMON, *à Eugénie.*

AH! méchante, tu n'es pas encore chez ta mère.

EUGÉNIE.

Je vous y aurois attendu long-tems, si j'y avois été plutôt.

LISIMON.

Vas, je te suis.

SCÈNE XVII.

LISIMON, PERCI.

LISIMON.

ON m'a dit que vous me cherchiez.

PERCI.

Oui, pour vous dire qu'Araminte a décidé que vous deviez marier Eugénie ou la mettre au Couvent; qu'elle avoit jetté les yeux sur moi pour vous déterminer à l'un ou à l'autre; que j'ai déclaré l'entreprise au-dessus de mes forces, & que probablement elle se prépare à s'acquitter elle-même d'une commission dont je n'ai pas jugé à propos de me charger.

LISIMON.

Je ne suis point étonné qu'Araminte désire

que sa fille soit mise au Couvent : cela doit être ; c'est le vœu de toutes les femmes qui ont quelque chose de mieux à faire que s'occuper du soin de leurs enfans : mais elle sait trop combien mes idées diffèrent des siennes à cet égard, pour espérer de me ramener à son avis. Quant à la proposition du mariage, je n'y étois pas préparé ; cependant j'y consens de tout mon cœur, si elle réussit à me persuader qu'Eugénie, qui ne sait pas encore ce qu'elle doit à sa mère, est mieux instruite de ce qu'elle devroit à ses enfans, à son mari ; j'écouterai les raisons d'Araminte.

PERCI.

Eugénie n'est pas encore mariée.

ACTE II.

SCENE PREMIERE.

ARAMINTE, LISETTE.

(*Eugénie, Nérine & Lisimon, arrivant successivement à l'insçu d'Araminte, dont il est essentiel de saisir les réflexions au moment précis où elle les fait, on a cru que des titres de Scènes, trop multipliés & fréquens, pourroient nuire à l'attention qu'on voudroit fixer sur le contraste qu'on a tâché d'établir entre la Scène muette & la Scène parlée ; on supplée à ces titres, en désignant le moment de l'entrée & de la sortie des Personnages*).

ARAMINTE (*vivement*).

On n'est point allé chez le Tapissier ?

LISETTE (*froidement*).

On y est allé, Madame.

ARAMINTE (*avec humeur*).

Cet homme étoit sorti, jamais il n'y manque.

LISETTE.

Il étoit chez lui, Madame.

ARAMINTE (*vivement*).

Ce coussin n'étoit pas fait ?

LISETTE.

Il étoit fait, Madame.

ARAMINTE (*avec humeur*).

Il n'étoit pas garni ; c'est affreux.

LISETTE.

Il étoit garni, Madame.

ARAMINTE (*vivement*).

On ne l'a point apporté ?

LISETTE.

Il est ici, Madame.

ARAMINTE (*avec humeur*).

Vous n'avez point examiné si c'est du duvet ou de la plume, cela vous est parfaitement égal.

LISETTE.

C'est du duvet, Madame, du plus beau & du meilleur.

ARAMINTE.

Ah! mon pauvre chien dormira donc à son aise ; qu'on l'amuse quand il se réveillera, & qu'on ne s'avise point de le provoquer.

LISETTE.

Jamais, Madame.

ARAMINTE, *l'interrompant*.

Taisez-vous, si vous ne l'eussiez provoqué, vous & votre Lefranc, gronderoit-il comme il fait dès qu'on l'approche ?

LISETTE (*avec vivacité*).

Oh! pour le Franc, Madame, le Franc....

ARAMINTE.

Eſt très-digne de Mademoiſelle, Mademoiſelle de Monſieur, & je ſuis très-mécontente de l'un & de l'autre.

LISETTE.

Notre zèle pour le ſervice de Madame....

ARAMINTE.

Devroit aller juſqu'à vous interdire ces mauvaiſes plaiſanteries, ſortez: de la créature la plus tranquille, on a fait la plus hargneuſe petite bête qu'il ſoit poſſible de voir; combien de tems il faudra maintenant pour adoucir cette humeur, vous ne ſavez pas ce que c'eſt que d'aigrir les caractères. (*Liſette ſort en levant les épaules; Araminte s'aſſied avec l'air du déſœuvrement & de l'ennui. Elle rêve. Eugénie paroît à la porte du fond, que Nérine ouvre doucement, Nérine lui fait inutilement des ſignes pour l'engager à entrer; Araminte ſort de ſa rêverie*). LES DÉFAUTS DES ENFANS, dit gravement le Maître du logis, ANNONCENT AUTANT DE QUALITÉS PRÉCIEUSES.... (*Nérine prend Eugénie par la main pour la faire entrer, Eugénie retire ſa main bruſquement, & prend Nérine par le bras pour la faire entrer elle-même*). L'INDOCILITÉ, ſelon lui, N'EST LE PLUS SOUVENT QU'UNE RÉVOLTE CONTRE L'INJUSTICE; C'EST L'INSTINCT DE L'ÉGALITÉ NATURELLE; PRÉVENEZ SES ÉCARTS, DIRIGEZ SES SAILLIES, cette bagatelle ſeulement, ET SON DÉVELOPPEMENT FERA DES AMES FORTES, MAIS JUSTES, ET CONSÉQUEMMENT GÉNÉREUSES. (*Nérine fait des excuſes à Eugénie*).

EUGÉNIE, *bas à Nérine.*

J'ai bien besoin de tes excuses ; mais toi-même, entrerois-tu là comme dans ta chambre ?

ARAMINTE.

Avec ces belles idées, admirables dans la spéculation, l'on ne contredit jamais, on se garde bien de contrarier ; & ma fille en est au point, que je ne vois plus aucun moyen de la réduire. (*Lisimon paroît, rit avec sa fille, & lui parle avec amitié*). OBTENIR TOUT DE LA TENDRESSE OU DE LA RAISON, plaisant systême ! Je discuterai, j'essayerai d'attendrir quand je puis ordonner. (*Eugénie en mettant une main sur sa bouche, fait avec l'autre, signe à Lisimon d'entrer, il entre*). Je céderai même si l'on me fait la grace de m'en prier.... Non, non, il ne me reste qu'un parti à prendre, & nous verrons si Lisimon sait se prêter. (*Araminte apperçoit Lisimon, qui va s'asseoir sur un fauteuil de l'autre côté du Sallon, Araminte se met à l'ouvrage*). On vous a répondu, Monsieur.

LISIMON.

Oui, Madame.

ARAMINTE.

On jase même avec vous quelquefois.

LISIMON (*faisant des signes à Eugénie pour l'engager à entrer*).

Oui, Madame.

ARAMINTE.

Si la familiarité a ses inconvénients, elle a aussi ses avantages (*à part*) ; il est fou.

LISIMON (*toujours occupé d'Eugénie, & continuant ses signes*).

Oui, Madame.... je n'ai pas... un air

fort impoſant . . . . . . graces au Ciel.

ARAMINTE (*toujours à ſon ouvrage, pendant que Liſimon fait à Eugénie le même ſigne qu'Eugénie lui a fait pour l'engager à entrer : elle entre, en témoignant ſa répugnance*).

Graces au Ciel . . . . eſt bien dit.

EUGÉNIE (*à côté de ſa mère, mais un peu derrière*).

Maman, . . . ma petite Maman, ... ma bonne Maman. . . .

LISIMON *à part.*

Araminte eſt émue; puiſſe l'orgueil & la folie céder enfin à la nature!

ARAMINTE *à part.*

Je gâte tout, & Liſimon triomphe, ſi je montre la moindre foibleſſe.

EUGÉNIE (*avançant par degrés ſa main*).

Ma bonne petite Maman.

ARAMINTE (*à part*).

Voilà comme elle le ſéduit.

LISIMON (*à part*).

Quels plaiſirs tu perds, mère aveugle, & pour quelles chimères!

EUGÉNIE (*avançant toujours ſa main, qu'elle poſe enfin, avec un petit treſſaillement ſur celle d'Araminte*).

Ma bonne, bonne, bonne Maman.

ARAMINTE (*à part*).

Si je la laiſſe faire elle me ſéduira moi-même.

EUGÉNIE *ſe baiſſant pour baiſer la main d'Araminte.*

Ma chère, ah oui, ma bien ch

ARAMINTE (*d'un ton ſévère & ſans la regarder*).

Eh bien, Mademoiſelle?

EUGÉNIE (*retirant sa main*).

Maman .... voici mon ouvrage.

ARAMINTE.

Votre ouvrage ?... Est-ce là tout ce que vous avez à faire, après m'avoir manqué aussi essentiellement ? A genoux tout-à-l'heure. (*Lisimon se renverse sur son fauteuil. Nérine se retire*).

EUGÉNIE.

Pourquoi ?

ARAMINTE.

Pourquoi ? pourquoi ? (*Elle se lève avec feu ; Eugénie s'éloigne de quelques pas, & prend un air tranquille & froid à mesure qu'Araminte s'enflamme*). A genoux tout-à-l'heure .... à genoux ... à genoux, monstre, où je ..... (*Eugénie se détourne tranquillement vers la porte, Lisimon ne peut se refuser un geste violent, après lequel il se rassied, & se compose : Eugénie se retire d'un pas ferme & sans précipitation ; Araminte la suit des yeux avec un air indigné de sa retraite, elle s'adresse à Lisimon*). Rien ne vous émeut.

LISIMON.

Pardonnez-moi, Madame. (*Il se lève & se promène*).

ARAMINTE.

A-t-elle tort ?

LISIMON.

Oui ... & vous, plus qu'elle.

ARAMINTE (*avec feu*).

C'étoit moi qui devois me jetter à ses pieds ? je devois être pénétrée de cet effort prodigieux de prendre ma main ? je devois être transportée de ces Maman, ma petite Maman, ma bonne Maman ? je ne dois pas travailler à dompter cet esprit hautain, dur, opiniâtre, emporté?

LISIMON.

Je suis plus ému que vous ne croyez, Madame, & je vous prie de permettre que je prenne un peu de tems pour vous répondre. (*Il se promène*).

ARAMINTE (*à part*).

Il est aussi violent que sa fille, il enrage dans l'ame, & c'est contre moi : les pères sont bien aveugles : ce démon de propriété dans tous les genres a le secret de tout embellir; oh, c'est un ridicule dont je saurai me garantir.

LISIMON (*d'un air tranquille & serein, fait asseoir Araminte, & prend un fauteuil auprès d'elle*).

Ecartons, je vous en supplie, Madame, toute idée du passé; raisonnons avec le calme & les dispositions qu'exige le sujet le plus important dont nous nous soyons jamais occupés, votre bonheur & le mien, celui de votre fille. Elle est bien éloignée du point où vous la voudriez, il s'en faut beaucoup qu'elle ne soit telle que je la désirerois. Qu'a-t-on fait, qu'auroit-on dû faire, c'est ce qu'il est inutile d'examiner: que devons-nous faire aujourd'hui? voilà ce qu'il importe de savoir, & ce qui doit absorber toutes nos idées.

ARAMINTE.

C'est uniquement pour vous communiquer les miennes que je vous ai demandé un moment d'entretien.

LISIMON.

Permettez, Madame.

ARAMINTE.

Souffrez, Monsieur,

LISIMON.

Une minute, Madame.

ARAMINTE.

Un instant, Monsieur.

LISIMON.

Quatre mots, & je vous écoute.

ARAMINTE.

Deux paroles & je me tais.

LISIMON.

Je vous parle si rarement, il est vrai que vous ne m'encouragez pas.

ARAMINTE (*à la porte de l'anti-chambre*).

Qu'on laisse entrer tout le monde, (*à part*) c'est le seul moyen de m'en débarrasser.

LISIMON.

En attendant je pourrois

ARAMINTE.

Je crois que j'entends un carrosse.

LISIMON.

Non, Madame, le bonheur de

ARAMINTE.

Qu'on promène mon chien. (*Lisimon découragé va s'asseoir; Araminte le regarde de côté avec l'air de s'applaudir d'avoir su rompre une conversation qu'elle redoutoit, Lisimon se relève d'un air décidé*).

LISIMON (*d'un ton ferme*).

Rien au monde ne pourra m'empêcher

ARAMINTE (*s'en allant*).

D'établir le plus beau ſyſtême poſſible ſur la manière d'élever, d'inſtruire, de corriger les enfans, & c'eſt

LISIMON, (*l'arrêtant & l'interrompant.*)

Non, Madame, je ne ſuis occupé que du vôtre.

ARAMINTE.

Mon enfant! que je n'ai pu voir à mes genoux.

LISIMON.

Le déſeſpoir de vous avoir déplu l'y précipitera, lorſqu'il verra dans vos yeux moins de colere que de tendreſſe & de douleur: ſéduiſez ſon cœur, vous ſubjuguerez ſon eſprit.

ARAMINTE.

Que je ſois fourbe?

LISIMON.

Eclairez donc par dégrés ſon eſprit, ou craignez d'aliéner ſon cœur.

ARAMINTE.

Que je ſois ſa complaiſante?

LISIMON.

Perſuadons au lieu d'ordonner, d'humilier, de contrarier.

ARAMINTE.

Que je faſſe humblement toutes ſes volontés?

LISIMON.

Non, Madame, non; mais n'exigeons pas qu'elle ſuive machinalement les nôtres, donnous toujours nos raiſons.

ARAMINTE.

ARAMINTE.

Lorſqu'elle s'y refuſera ?

LISIMON.

Ecoutons les ſiennes.

ARAMINTE.

Peut-elle en avoir de bonnes quand nous avons parlé ?

LISIMON.

Oui, ſi jamais, nous en avons dit une mauvaiſe.

ARAMINTE, *d'un air impatient.*

Mais que devient la ſubordination, la ſoumiſſion ?

LISIMON, *(Araminte écoute avec des ſentiments d'impatience & quelquefois d'indignation.)*

La ſoumiſſion des enfans envers leurs Pères & Mères eſt un devoir ſacré qui ne peut être pénible, qu'à ceux qui ne ſavent pas en quoi elle conſiſte ; mais eſt-ce la faute des Enfans, ſi leurs Pères & Mères ne ſavent pas ou ne veulent pas le leur apprendre ? Eſt-ce la faute de ma Fille, ſi l'on n'a pas ſû profiter du tems de ſa première enfance, où il étoit ſi aiſé de lui faire ſentir, à chaque inſtant, le beſoin qu'elle avoit des forces ou de la raiſon d'autrui ? Le moindre art eût alors ſuffi pour la conduire du ſentiment de ſa foibleſſe ou de ſon ignorance, à celui de la reconnoiſſance & des égards qu'elle devoit aux gens qu'elle ne pouvoit s'empêcher alors de regarder comme ſes bienfaiteurs. Aujourd'hui même encore, ſera-ce la faute de ma Fille ſi je manque de talents ou de patience, & peut-être de tous les deux, pour obtenir d'elle, ce qu'il eſt de ſon intérêt de ne pas me refuſer. Oui Madame, ſi je ſuis aſſez juſte pour n'en rien exiger qu'après l'avoir convaincue ou perſuadée, ſi vous avez le même reſpect, (*Araminte témoigne de l'étonnement.*) oui, reſpect, pour ſa qualité d'être raiſonnable, nous ne ſommes point humiliés, l'ame de notre Fille s'élève, ſon eſprit s'étend, & ſon cœur s'ouvre à des ſentimens qui nous honorent ſans l'avilir.

ARAMINTE.

Voilà, Monſieur, tout ce qu'il faut pour faire la petite fortune d'un Conte moral & la perte de votre Fille. Il faut lui rompre l'humeur; c'eſt-là mon principe.

LISIMON.

Il faut lui donner des idées juſtes, & d'elle-même & des autres; il faut lui apprendre qu'à ces devoirs qui lui ſemblent ſi pénibles, ſont néceſſairement attachés les droits les plus précieux & les plus flatteurs : mais qu'il n'exiſte & ne peut exiſter aucun droit, qui ne ſuppoſe une obligation toute auſſi indiſpenſable : c'eſt ainſi qu'au lieu d'être enorgueillie ou révoltée de quelqu'un des rapports qui l'attachent à la Société, elle ne pourra au contraire enviſager ſans attendriſſement, ce lien admirable qui nous unit tous, cette heureuſe dépendance où nous ſommes tous les uns des autres; le Riche, du Pauvre dont les beſoins fourniſſent aux délices de l'opulence; le Pauvre, du Riche dont les différentes eſpèces de folies ſont un fond inépuiſable pour tous ceux qui n'ont point de propriété ; le Roi, de ſes Sujets dont le nombre & l'aiſance font ſa force & ſa grandeur ; les Sujets, de leur Roi dont les vœux les actions, les loix annoncent moins un Monarque qu'un Père : voilà, Madame, les idées qu'il faut donner à notre Fille, & bientôt elle n'aura beſoin du ſecours de qui que ce ſoit, pour s'élever juſqu'à la ſource de cette harmonie, heureuſement indépendante des caprices de l'homme ; & par ce point de vue, ſans lequel la vertu n'eſt qu'une abſurdité, anoblir des actions qu'il ne faut maintenant attendre que de l'idée de ſon propre avantage, (*Il baiſſe un peu la voix*) ou du déſir de nous plaire, ſi nous ſavons le lui inſpirer : mais chercher à lui rompre l'humeur ! j'eſpère que vous n'y réuſſirez pas ; vous n'en feriez qu'une eſclave ou une hypocrite.

ARAMINTE.

Mariez-là donc, & faites, ſi vous pouvez, goûter à ſon mari un plan de conduite que je n'approuve point, & auquel il me feroit impoſſible de m'aſſujettir.

LISIMON.

Un mari ſera-t-il plus tendre, plus compatiſſant qu'une mère ?

ARAMINTE.

Il aura plus d'autorité.

LISIMON.

Sera-t-elle plus puiſſante que la Nature ?

ARAMINTE.

Enfin, Monſieur, je fus mariée auſſi jeune.

LISIMON.

Je ne la marierai pas encore.

ARAMINTE *vivement.*

Vous ne la marierez pas ?

LISIMON.

Il n'eſt pas encore tems.

ARAMINTE.

Quand on trouve un parti avantageux, on ne dit point d'une fille de quatorze ans, qu'il n'eſt pas tems de la marier.

LISIMON, *après avoir réfléchi quelque tems.*

Si le parti eſt avantageux .... on peut convenir de tous les points. Je donnerai ma parole, vous donnerez la vôtre : quant à celle de ma fille ... il faudra bien qu'on attende qu'elle ſache ce que c'eſt qu'un engagement pour la vie.

ARAMINTE.

Oh ! celui-là eſt nouveau.

LISIMON.

Je ne ſais s'il eſt nouveau, mais je ſais que je ſerois bien fâché ſi ma fille ſe marioit ſans mon conſentement, & je ſens, qu'elle auroit bien plus de raiſon d'être fâchée ſi je la mariois ſans le ſien : mais enfin quel eſt ce parti ?

ARAMINTE.

Dorante.

LISIMON.

Dorante !

ARAMINTE.

Oui, Dorante.

LISIMON.

Connoiſſez-vous ſon caractère ?

ARAMINTE.

Il eſt charmant.

LISIMON.

Sa fortune ?

ARAMINTE.

Considérable.

LISIMON.

Ses dettes ?

ARAMINTE.

Qui n'en a pas ?

LISIMON.

Sa conduite ?

ARAMINTE.

Irréprochable.

LISIMON.

Je suis mieux instruit que vous ; mais sans entrer dans un détail inutile, je me bornerai au seul point sur lequel je vous dois quelques lumières. Quelle est sa réputation ?

ARAMINTE.

Elle n'est pas intacte ; mais on seroit très à plaindre, si l'on dépendoit des discours d'un sot public.

LISIMON.

L'on est bien plus à plaindre, quand on est réduit à en afficher le mépris ! Dorante ne convient point à ma fille.

SCENE II.

LISIMON, ARAMINTE, LEFRANC.

(LISIMON *voyant Lefranc avancer un fauteuil, se retire*).

ARAMINTE *seule*.

MONSIEUR ne se rend pas à la raison; changeons de batterie : c'est vous qui me forcez, Monsieur Lisimon, c'est vous-même; quand on a très-humblement & très-inutilement présenté ses idées.....

SCENE III.

ARAMINTE, CEPHISE.

ARAMINTE.

CÉPHISE, il faut m'obliger.

CÉPHISE.

Ordonnez, Madame, vous connoissez mon zèle.

ARAMINTE.

Et votre habileté ; j'ai besoin de l'un & de l'autre : Eugénie m'excède, je veux la marier, Lisimon prétend qu'elle est trop jeune.

CÉPHISE.

Une fille de son âge ?

ARAMINTE.

Du caractère le plus décidé, qui ne prend le change sur rien, malgré l'attention la plus scrupuleuse à expliquer tout.... comme je voudrois qu'elle le conçût.

CÉPHISE.

On aime fort sa progéniture, mais on ne tient point à ces choses là.

ARAMINTE.

Je propose un parti unique.

CÉPHISE.

Valère a le droit du voisinage.

ARAMINTE.

Valère ! ce seroit achever de la perdre, il lui faut un homme en état de profiter de la connoissance que je lui donnerai de son caractère, un homme qui ne lui cède rien, qui la contrarie en tout, qui se fasse un point d'honneur, de détruire les mauvais effets de l'aveugle complaisance du plus chimérique de tous les pères, Dorante est l'homme qu'il lui faut, & n'est qu'à deux pas comme Valère.

CÉPHISE (*d'un air d'étonnement & d'admiration*).

Il faut être mère, pour voir d'un coup-d'œil, & l'indocilité de votre fille, & l'inflexibilité de votre gendre, & l'usage que vous pourrez faire d'une certaine intimité entre vous & lui.

ARAMINTE (*l'interrompant*).

Intimité que je vous prie de croire moins grande que beaucoup de gens ne l'ont prétendu.

CÉPHISE.

Fi donc, cela feroit prefque fans exemple. Dorante vous connoît trop pour héfiter fur un plan que votre tendreffe pour Eugénie peut feule vous fuggérer ; voilà tout au monde ce qu'il eft poffible d'imaginer.

ARAMINTE.

J'avois cependant, comme vous, jetté les yeux fur Valère : ce n'eft rien d'être foible, quand on fait s'aider de la fermeté des autres ; mais comment l'efpérer d'un homme, qui malgré fa facilité à fe prêter à tout, même aux chofes les plus contraires à ce refte de préjugés dont nous n'avons pu le guérir, n'a pas encore applaudi une feule fois à ma févérité pour ma fille.

CÉPHISE.

Valère n'a aucun des talens qu'il faudroit pour réduire un caractère de cette opiniâtreté.

ARAMINTE.

Dorante le réduira.

CÉPHISE.

Dorante eft un excellent parti.

ARAMINTE.

Mais comment déterminer Lifimon... à devenir raifonnable.

CÉPHISE.

En déterminant Eugénie à le vouloir un peu fortement.

ARAMINTE.

Fort bien, quant à Dorante, je conçois aussi.... Je voudrois néanmoins .... que le projet lui fût présenté de façon ... car vous sentez ..... qu'en supposant qu'il ait eu pour moi des sentimens dont je n'ai pas dû m'appercevoir... & que cependant il se soit flatté ... car vous savez, les hommes sont si vains !

CÉPHISE.

Je vous suis attachée, je ne manque pas d'adresse, Dorante n'est pas un fou, j'ai toujours flatté votre fille, faites-là descendre & laissez-nous.

ARAMINTE.

Je crois que vous pourriez en ma présence ... mais non, je lui en imposerois, aussi-tôt qu'elle me voit, sa langue se glace, son visage se contracte, & cette physionomie sur laquelle on pouvoit lire comme dans un livre, ne présente tout-à-coup, qu'une masse ambiguë de stupidité qui m'humilie, & de défiance, qui me révolte. (*En allant vers l'anti-chambre*). Des enfans ! des enfans !

CÉPHISE.

Ils sont d'une injustice évidente, palpable.

ARAMINTE (*à quelqu'un dans l'anti-chambre*).

Qu'on appelle ma fille (*à Céphise*). Soyez leste, l'oncle ou le père suivront de près, c'est encore une de ces choses dont il faut rire, ou se fâcher très-sérieusément ; à table même, jamais l'une sans quelqu'un des deux autres ; le père dîne, l'oncle soupe ; & l'on diroit que ces deux hommes qui s'accordent en tout, ne diffèrent sur le tems de leur appétit, qu'afin de ne pas laisser un instant ma fille seule avec moi.

CÉPHISE

Qu'elle descende, & ne vous trouve point ici ; un mot est bientôt dit, & son effet ne m'échappera pas.

ARAMINTE (*s'en allant*).

Je vous laisse donc. Serois-je assez malheureuse pour que l'instinct d'une enfant la prévînt contre le seul homme capable de la moriginer !

SCENE V.

CÉPHISE, (*seule*).

ARAMINTE veut marier sa fille, c'est fort bien ; mais à celui-ci plutôt qu'à celui-là ? c'est fort mal ; le choix regarde la plus intéressée ; est-ce bien sa fille ? il y a mille à parier, contre un, qu'avant trois mois les deux futurs époux seront fort indifférens l'un pour l'autre ; qu'est-ce que trois mois dans l'immensité des siècles ? Supposons-les donc indifférens dès le premier jour ; s'il m'est essentiel, à moi, qu'Eugénie épouse celui-là plutôt que celui-ci ? c'est à moi de choisir, rien de plus évident. Résumons, haut & clair, comme on le devroit, du moins quand on est seul ; j'établis entre deux personnes, une rivalité qui me rend nécessaire à cinq, au hasard de n'être utile qu'à une, moi ; cela n'est pas délicat, & je souscris à mon arrêt, prononcé par quiconque osera, sans rougir, subir l'interrogatoire que je dicterai, sur les services qu'il a rendus ou qu'il est prêt à rendre ; en attendant, Valère & Dorante peuvent paroître, ils sont tous les jours ici ; fort bien, voici Dorante, il est coriace, mais sa fortune dépend de moi.

SCENE V.

CÉPHISE, DORANTE.

CÉPHISE, *(allant avec empressement au-devant de Dorante.)*

ARAMINTE prétend, & je ne le crois pas, qu'il fauda beaucoup de précautions & d'habileté pour vous déterminer à épouser sa fille, que je l'ai décidée à vous donner.

DORANTE.

A moi ?

CÉPHISE.

A vous-même, dont je n'ai pas trop à me louer, mais j'espère que vous mériterez votre grace.

DORANTE.

Lisimon

CÉPHISE, *(l'interrompant.)*

Ce n'est pas Lisimon qu'il faut épouser.

DORANTE.

Eugénie sçait-elle

CÉPHISE, *(l'interrompant.)*

Une fille sçait-elle jamais quand on la marie ?

DORANTE.

Araminte a sérieusement

CÉPHISE *(l'interrompant.)*

Très-sérieusement : mais comme la volonté

de l'homme dans les choses les plus sensées, n'est pas toujours constante; que celle de la femme, lorsqu'il s'agit même d'une extravagance, pourroit bien ne pas se soutenir, & qu'Araminte un peu plus inconséquente qu'une autre, ne voudra peut-être pas demain, ce qu'elle croit vouloir aujourd'hui; j'établis qu'en vertu des demi-pouvoirs qui lui sont échappés, c'est moi seule que regarde la conduite de cette affaire; qu'il seroit inutile & mal-adroit, de la consulter sur aucun des détails; qu'il faut à l'instant même faire une lettre pour Eugénie; que du caractere dont elle est, & tourmentée à chaque instant pour des riens, on peut tout se promettre de l'idée d'indépendance, qui dans l'esprit d'une jeune personne suit toujours une proposition de mariage. Vîte une lettre, pas un mot de Lisimon, beaucoup de mal d'Araminte, une femme peut mettre ou jetter son bonnet, vous entendez, allons, allons, écrivez.

DORANTE, *(se préparant vîte à écrire.)*

Il n'y a que façon de présenter les choses.

CÉPHISE.

Pardonnez-moi, il faut aussi les conduire. L'heureux homme que Dorante, à qui, sa lettre écrite, il ne restera plus qu'à attendre avec respect, confiance & reconnoissance l'effet du désir qu'on a de l'obliger.

DORANTE *écrivant.*

Respect, confiance & reconnoissance.

CÉPHISE.

Respect, parce que je ne vois rien de si aisé que cette affaire, qui vous a paru si étonnante:

confiance, parce qu'elle est due à l'amitié vive & éclairée : reconnoissance enfin, parce que je ne sçais rien de si décourageant que l'ingratitude.

DORANTE, *du même ton, continuant à écrire.*

De si décourageant que l'ingratitude.... m'en croyez-vous capable ?

CÉPHISE.

Je ne sais encore ce que je dois en penser.

DORANTE, *remettant la lettre à Céphise.*

Mais pour savoir, il faut donner aux gens le tems de nous apprendre.

CÉPHISE.

Bornons-nous donc, pour ce moment-ci, à la lecture de la lettre (*elle lit.*) » Ce n'est » pas d'une mère que vous devez attendre » des égards «. Bravo

DORANTE, *l'interrompant.*

Voici quelqu'un, (*Céphise met la lettre dans sa poche.*)

SCENE VI.

ARAMINTE, DORANTE, CÉPHISE.

ARAMINTE.

NON, Monsieur, non Madame, je ne crois pas qu'il y ait au monde une mère aussi malheureuse que moi. (*à Céphise*) Ma fille dit qu'elle ne viendra pas. (*à Dorante.*) Je l'avois fait appeller (*à quelqu'un dans l'antichambre, avec feu.*) Qu'elle descende à l'instant, ou je... ou j'irai moi-même. (*alternativement à Dorante & à Céphise.*) Continuation d'humeur, j'ai osé exiger d'elle une petite satisfaction, pour une de ces mutineries affreuses, affreuses, dont je ne puis la corriger, ai-je tort? dites, parlez, cela est-il possible? eh bien, eh bien, son père.... il l'a vu.... sur ce fauteuil.... une vraie bûche.

SCENE VII.

Les Acteurs précédens.

VALÈRE.

ARAMINTE (*continuant*).

OUI, Valère, vous même, si vous eussiez été présent.... je suis hors de moi... oh je ne lui passerai pas celle-ci. (*elle sort.*)

SCENE VIII.

VALÈRE, DORANTE, CEPHISE.

CÉPHISE, (*à part, pendant que Dorante regarde Valère en riant*).

NE perdons pas aussi la tête & mettons Valère en jeu.

VALÈRE. (*à Dorante.*)

Qu'y a-t-il de nouveau?

CÉPHISE.

Rien, c'est une petite fureur contre sa fille, vous la connoissez; mais écoutez, je médite la meilleure plaisanterie, & je vois (*elle regarde Dorante & revient à Valère.*) oui je vois que j'aurai besoin de vous.

VALÈRE.

De tout mon cœur, de quoi s'agit-il?

CÉPHISE.

D'une jeune enfant qui ne sait rien de rien, excepté ce qu'on ne peut ignorer à quatorze ans dans notre siècle.

DORANTE.

Et ce siècle n'est pas tardif.

CÉPHISE.

Dans le vrai, c'est un enfant qui ne sentit jamais rien pour personne, & que je serois bien aise de voir dans l'embarras d'un choix: Dorante est l'un des Champions, lisez; vous ne refuserez pas d'être l'autre, (*elle remet la lettre de Dorante à Valère & regarde Dorante.*)

VALÈRE, (*après avoir lu.*)

C'est à la fille d'Araminte que cette lettre est destinée?

CÉPHISE.

Oui.

VALÈRE.

Hé bien?

CÉPHISE.

Il faut que vous lui écriviez aussi.

VALÈRE.

Moi?

CÉPHISE.

Sans doute: comment vous ne sentez pas combien il sera plaisant de voir un enfant sans expérience.

VALÈRE.

Pardonnez-moi, très-plaisant, très-singulier.....

DORANTE, (*allant se promener.*)

Oui, très-singulier & tout-à-fait plaisant.

CÉPHISE.

Ecrivez-donc quatre mots qu'il nous faut à l'instant (*Valère prend la plume, Dorante en se promenant regarde alternativement Valère & Céphise qui ne le perd pas de vue sans paroître le regarder.*)

VALÈRE.

Je ne sçais trop qu'écrire.

CÉPHISE (*bas à Dorante qui s'est approché d'elle.*)

N'admirez-vous pas?

DORANTE (*bas.*)

Oui, je vous admire.

CÉPHISE.

CÉPHISE.

Vous avez de l'humeur.

DORANTE (*un peu haut*).

Oh point du tout, le moyen?

CEPHISE (*en montrant Valère*).

Paix donc (*Dorante fait un geste d'impatience & s'éloigne de Céphise*).

VALÈRE.

Je ne sçai, ma foi, qu'écrire.

CÉPHISE (*bas à Valère*).

Quarante mille livres de rente sans cohéritier, valent bien la peine qu'on s'évertue, & seroient mieux dans vos mains que dans celles de Dorante à qui on les destinoit.

VALÈRE.

Je suis très-embarrassé.

CÉPHISE (*haut à Valère*).

Quatre mots, vous dis-je.

DORANTE (*à Valère*).

Voulez-vous que je vous les dicte.

VALÈRE (*sèchement*).

Non Monsieur.

DORANTE (*bas à Céphise*).

Vous me donnez-là un pitoyable rival, mais je ne vois pas la nécessité de m'en donner d'aucune espèce.

CÉPHISE (*bas à Dorante*).

La proposition de ce mariage, vous a si fort étonné que je ne sçais pas encore si vous avez le courage de vous en flatter; au reste si vous pensez à cet égard comme.... je le désire.... je n'ai annoncé qu'une plaisanterie, & Valère est une de ces espèces qu'on met en avant, & qu'on écarte à volonté. (*elle fixe Dorante*). Quoi, vous ne comprenez pas encore que le ſuccès eſt dans vos mains?

DORANTE (*d'un air d'humeur*).

Je comprends de reſte.

CÉPHISE.

Déridez-vous donc, vous êtes laid à faire peur.

VALÈRE.

Voilà tout ce qu'il eſt poſſible d'arracher de moi dans ce moment-ci.

CÉPHISE (*prenant la lettre d'un air d'indifférence*).

N'eſt-il pas ridicule qu'Araminte trouve étrange que ſa fille, ſoit acariâtre, hautaine, dure, emportée, violente,

VALÈRE (*tendant la main pour reprendre la lettre*).

La voici, faites-la convenir de ſes torts. (*Céphiſe met la lettre dans ſa poche*).

SCENE IX.

Les Acteurs précédens.

ARAMINTE.

ARAMINTE (*d'un air triomphant*).

JE viens d'humilier l'orgueil perſonifié.

CÉPHISE.

Racontez vîte, cela doit être divin.

ARAMINTE.

Ah ! ſi Liſimon vouloit adopter mes principes, on pourroit ſe flatter de réduire cette petite fille.... j'arrive..... Elle ſe lève ſans me regarder...... figurez-vous cet air de reſpect calculé tout exprès pour mettre les gens dans leur tort ; je vois le piege, & d'un ton modéré, auquel elle ne s'attendoit pas ; (*d'un ton de colère qu'on veut étouffer*) vous ne voulez pas deſcendre, Mademoiſelle, quand je vous fais appeller . . . . . pas le mot... Comment ma fille... elle pleure... Vous pleurez ! vous devriez rougir..... elle me regarde d'un air décidé.... Êtes-vous ma fille ?... elle ſanglote... Au lieu de vous produire dans la bonne compagnie, vous mériteriez qu'on vous renfermât à jamais.... elle me quitte bruſquement & va ſe renfermer dans ſon cabinet..... J'en ouvre tranquillement la porte, & ſans lui faire aucun reproche, ſans proférer une ſyllabe, ſans la moindre apparence d'émotion, je coupe une boucle de ſes cheveux, l'unique choſe au monde à laquelle elle eſt attachée : car cela n'a pas plus d'ame.... Mais l'article de ſes cheveux lui tient ſi fort au cœur, que j'ai tremblé pour les miens, & je me ſuis ſauvée.

DORANTE.

Cela s'appelle prendre les gens par le côté ſenſible, & s'eſquiver fort-à-propos, qu'en dites-vous Valère ?

VALÈRE.

Pas le mot.

ARAMINTE (*à Valère*).

Si l'on vous prioit de vous expliquer ?

DORANTE.

Ne conviendriez-vous pas que le ſang froid de Madame doit produire des effets merveilleux ?

VALÈRE.

Si Madame m'ordonnoit de parler & que vous l'exigeaſſiez, je dirois que vous la trompez, que vous ne l'approuvez point, & que le trait que vous exaltez eſt plus propre à aigrir qu'à corriger une jeune perſonne. J'eſpère que Madame pardonne ma ſincérité.

ARAMINTE.

On eſt libre d'approuver ou de critiquer ce que je fais.

VALÈRE (*à Céphiſe*).

Je vous prie, Madame, de ne faire aucun uſage

CÉPHISE (*l'interrompant*).

Je comprends, je sais me diriger sur les circonstances, d'ailleurs nous nous verrons. (*Valère sort*).

SCENE X.

ARAMINTE, CÉPHISE, DORANTE.

ARAMINTE.

QUE dites-vous du personnage?

DORANTE.

L'Etoffe est bien mince.

CÉPHISE.

Il faut de ces gens-là dans la Société, ils ont leur prix, & font quelquefois valoir les autres.

DORANTE.

Fort-bien.

CÉPHISE (*à Araminte*).

Vous avez agi comme un Ange, avec votre fermeté ordinaire; mais à présent il faut verser un peu de baume sur la blessure, ou d'aujourd'hui vous ne verrez votre fille, ensuite les verbiages sans fin, les commentaires éternels de beau-frere & de mari, un mot préviendra tout.

ARAMINTE (*avec feu*).

Que j'aille lui parler?

CÉPHISE.

Gardez-vous-en bien, c'eſt moi qui lui parlerai ſans vous compromettre, & je vous garantis l'orage diſſipé à notre retour de la promenade: Dorante, donnez la main à Madame. (*à Araminte*) Je ſuis à la voiture auſſitôt que vous. (*Elle s'en va*).

ARAMINTE.

Ne flattez pas trop.

CEPHISE.

Ce qu'il faudra & rien de plus.

DORANTE.

Ne prenez pas un mot pour l'autre.

CÉPHISE (*revenant ſur ſes pas, à Dorante*).

Ce ſeroit votre faute : vous ne m'avez pas décidément appris ce que je devois dire ou taire, mais préparez vos inſtructions, qu'elles ſoient claires ſur tout, & poſitives, vous m'entendez ; elles me ſerviront de guide lorſque je reviendrai avec Madame, qui voudra bien me procurer un autre moment d'entretien avec ſa fille (*à Araminte*) ; car il ne faut pas que Liſimon ſache rien de ces cheveux coupés.

SCENE XI.

ARAMINTE, DORANTE.

ARAMINTE.

LAISSONS-LA faire, elle est vaine, mais elle aime à servir.

DORANTE.

Oh ! c'est une femme unique.

ARAMINTE.

D'une prévoyance !

DORANTE.

C'est un prodige. Il y a des momens où je suis tenté de me prosterner à ses pieds.... ou de lui donner mille soufflets ; ah ! que je l'aurois fait aujourd'hui de grand cœur, moi seul, si je n'avois un certain pressentiment, qu'avant long-tems vous serez obligée d'être de moitié dans l'expédition.

ARAMINTE.

Vraiment si ce n'étoit

DORANTE (*l'interrompant*).

L'espérance ou la crainte, oui, voilà le mot : elle nous tient tous par un motif ou par l'autre, peut-être par tous les deux. Écoutez.... Votre mari a raison de n'être qu'un bon homme, un honnête-homme, père un peu foible, si vous voulez, & qui ne brilleroit sur aucun théâtre ; mais au moindre soupçon il lui fermeroit tranquillement sa porte, & vous ne la feriez pas r'ouvrir. Nous ?... Nous ?... allons l'attendre.

ACTE III.

SCENE PREMIERE.

EUGÉNIE.

A genoux, ... à genoux, monſtre, à genoux. . . . Elle eût triomphé ſi je m'étois miſe en colère ;.. oh, je me poſsède trop bien quand on s'emporte contre moi ; . . . je rirois plutôt que de m'impatienter ;...enſuite, couper mes cheveux !.. pour celui-ci, voyons ; qu'eſt-ce que mes cheveux lui avoient fait? Je m'ennuie à la mort ; . . . ſi ce Dorante veut, je l'épouſe pour ne plus vivre avec elle : il a bien raiſon, il dit (*elle cherche & tire une lettre de ſa poche*), c'eſt celle de Valère ! » Puiſſiez-vous douter long-tems des proteſtations de tendreſſe » auxquelles votre âge, votre beauté, & bien » d'autres circonſtances vont vous expoſer «. Que veut-il dire avec ſes circonſtances ?... douter long-tems ! Il parle à ſon aiſe ; ai-je le tems de douter ? Tu m'ennuies. (*Elle remet la lettre dans ſa poche*). La lettre de Dorante vaut bien mieux. (*Elle cherche*) où eſt-elle ? . . . je ne la trouve point. . . . Oui, cherche . . . & l'on dira que je m'impatiente pour rien. . . . La

voici

voici cependant, à la fin. » Ce n'eſt pas d'une » mère que vous devez attendre les égards «... des égards d'une mère ! ... Elles ne ſont bonnes qu'à couper les cheveux & à faire mettre à genoux. (*Elle contrefait ſa mère*). A genoux, monſtre, à genoux .... des monſtres à genoux ! (*elle s'impatiente*) pourquoi Céphiſe ne vient-elle pas ? ... jusqu'à mon papa qui ne ſort jamais ; & préciſément aujourd'hui, parce que je voudrois...... Céphiſe ſavoit quelque choſe de ces lettres.... Je ne les avois pas vues ſur ma table avant qu'elle entrât... Je meurs de peur qu'elle n'en parle à maman avant que j'aie prévenu mon papa. Si elle ſait que ce Dorante veut m'épouſer, où ſa porte lui ſera fermée, où elle ſe moquera de moi devant lui. (*Elle contrefait le ton dédaigneux de ſa mère*). Comme elle eſt faite !... S'imagine-t-elle que ſi je voulois paſſer, comme elle, ſix heures à ma toilette ? Nous verrons (*elle va ſe regarder au miroir, & dit d'un air de dépit*). Cette boucle va mal .... c'eſt cette boucle poſtiche qui devoit ſi bien, ſelon Céphiſe, remplacer mes cheveux. (*Avec vivacité*) Nérine, Nérine. (*Elle ſonne*).

SCENE II.

NÉRINE, EUGÉNIE.

NÉRINE.

MADEMOISELLE, Mademoiſelle.

EUGÉNIE.

Arrange cette boucle, elle ne tient pas.

NÉRINE (*en l'ajuſtant*).

Il faut vous en conſoler, Mademoiſelle, les boucles poſtiches dans cet endroit, ne vont jamais ſi bien que les naturelles. (*Eugénie ſoupire*). Cependant graces à ma dextérité ..... je défie .... qu'on s'imagine que celle-ci n'eſt pas faite de vos propres cheveux. (*Elle l'examine*). Vous êtes charmante.

EUGÉNIE.

Apporte-moi des fleurs.

NÉRINE.

Des fleurs! Ah! qu'on va vous trouver belle, ſi vous prenez un peu de goût pour la parure. (*Elle va chercher des fleurs. Eugénie retouche à la boucle que Nérine vient de raccommoder & ſoupire*).

SCENE III.

EUGÉNIE *seule.*

ELLE a beau dire, celle-ci n'ira jamais aussi-bien que les autres. (*Nérine arrive avec une boîte*).

SCENE IV.

EUGÉNIE, NÉRINE.

NÉRINE.

VOICI des fleurs & des plumes de toute espèce. (*Eugénie ouvre la boîte avec vivacité & choisit*).

EUGÉNIE.

Tiens, tiens, tiens.

NÉRINE.

Je ne peux pas les mettre toutes-à-la-fois.... Regardez-moi .... chaque fleur que je mets, vous rend une fois plus jolie; & cette plume, qu'en ferons-nous?

EUGÉNIE.

Donne, je veux la placer moi-même. (*Elle la présente au milieu, puis à droite, puis à gauche : elle la place à gauche, s'examine; ensuite à droite*).

NÉRINE.

Une plume ne ſe place jamais là.

EUGÉNIE.

Pourquoi ?

NÉRINE.

Parce qu'elle va mieux de l'autre côté.

EUGÉNIE.

Pourquoi va-t-elle mieux de l'autre côté.

NÉRINE.

Parce qu'elle ne va pas ſi bien du côté droit. (*Eugénie la fixe en faiſant un mouvement d'impatience*). Demandez Mademoiſelle, demandez, tout le monde vous dira comme moi.

EUGÉNIE (*d'un ton d'ennui*).

Demandez, demandez : les autres me demandent bien quand elles ſe coëffent.

SCENE V.

EUGÉNIE, NÉRINE, LISIMON, PERCI.

(*LISIMON & PERCI se tiennent à l'écart ; Perci fait des gestes de mécontentement ou de satisfaction, relatifs à la conduite d'Eugénie ; Lisimon observe attentivement & sans émotion*).

NÉRINE.

FI donc, Mademoiselle, ôtez cette plume de là.

EUGÉNIE.

Je veux qu'elle y reste moi ; voyez donc cette impertinente qui ne sait rien & qui veut parler. (*Nérine porte la main à ses yeux*). Ne voilà-t-il pas qu'elle pleure à présent ; tiens, Nérine, ne pleures-donc pas, je t'en prie, tu me désoles ; j'aimerois cent fois mieux que tu te misses en colère : je t'assure que je suis bien fâchée de t'avoir fait de la peine : mais pourquoi me contrarier aussi ?

NÉRINE.

Ah Ciel, comme vous me traitez !

EUGÉNIE.

Mais écoute-donc, écoute-donc que je te dis que j'en suis fâchée.

NÉRINE.

Vous le dites toujours, & cela ne vous empêche pas de recommencer.

EUGÉNIE.

Mais n'en ſuis-je pas toujours fâchée après? . . . . Tu pleures encore! ſais-tu bien que tu m'impatienterois à la fin. (*Elle apperçoit Liſimon & Perci*). Ah, mon papa, ne viens-je pas encore de dire quelque choſe à cette pauvre Nérine?

LISIMON.

Je ne t'ai pas promis que tu ſerois en un jour auſſi tranquille que moi; mais cela viendra, ne t'inquiète pas.

EUGÉNIE *à Nérine*.

Tu vois bien.

LISIMON.

J'en réponds, Nérine. Dans le fond de quoi s'agit-il? (*à Eugénie*) d'un rien, d'écouter avec indulgence quelques mauvais raiſonnemens, parce qu'il en échappe à tout le monde, & d'eſſuyer, ſans humeur, (*il examine Eugénie)* quelques petites contradictions, (*Eugénie ne goûte pas cette morale*) parce que... il m'eſt arrivé, cent fois, à moi... un moment après, de voir que c'étoit moi qui avois tort.

EUGÉNIE.

A moi auſſi, mais . . . . votre prétendu rien, n'en eſt pas plus facile.

LISIMON.

Aux petites ames, à ces ames faites pour obéir ſervilement à la première impulſion;... mon Eugénie voudroit-elle être comptée parmi ces femmes deſtinées à une éternelle médiocrité, qui le ſentent malgré elles; le moindre avantage les étonne, les enivre, (*Eugénie réfléchit profondément*) elles ricannent au lieu de compâtir, ou s'emportent au lieu de raiſonner.

PERCI.

Il eſt vrai que la petite réparation que tu as faite à Nérine, a ſuivi de près l'offenſe, mais n'auroit-il pas mieux valu....

EUGENIE *l'interrompant.*

Être privée de vos conſeils, mon cher oncle (*à Liſimon*) devant Nérine! il ne ſe corrige pas plus que moi.

PERCI.

Tu es bien contente quand j'ai fait quelque étourderie. (*Eugénie triomphe, Perci continue d'un air diſtrait & ſans regarder Eugénie*) » le moindre avantage les enivre «.

EUGENIE (*un peu embarraſſée, & ſans regarder Perci*).

PERCI.

Il me ſemble, Monſieur, que vous n'êtes pas très-ſobre vous-même.

SCENE VI.

Les Acteurs précédens.

LE FRANC.

LISIMON (*à le Franc, qui lui a parlé bas*).

POURQUOI n'a-t-on pas dit qu'Araminte étoit ſortie?

LE FRANC.

On l'a dit, Monſieur.

LISIMON *à Perci.*

Céphiſe.

EUGÉNIE, *avec vivacité.*

Un mot, je vous ſupplie, avant qu'elle entre.

LISIMON.

Attends, ſa viſite ne ſera pas longue : mais arrange vîte ta plume.

EUGÉNIE, *d'un air de ſurpriſe.*

Vous trouvez auſſi qu'elle n'eſt pas bien là ?

LISIMON.

Sans doute.

EUGÉNIE.

Pourquoi ?

LISIMON.

Les choſes de mode ne ſont d'elles-mêmes ni bien ni mal, ni belles ni laides, mais qui dit mode, dit l'uſage du jour, l'on doit s'y conformer ; je n'excepte que les modes gênantes, & ta plume n'eſt pas des plus hautes, change là ſeulement de côté.

EUGÉNIE.

Non, mon papa, je veux la laiſſer où je l'ai miſe. (*Elle va l'examiner au miroir*).

PERCI (*bas à Liſimon*).

On pourroit lui préparer une bonne leçon d'expérience.

LISIMON (*bas à Perci*).

Avec ſon caractère impétueux, il y auroit plus de riſques à courir que d'avantages à eſpérer.

EUGÉNIE.

Voyez donc, mon papa ;

LISIMON.

LISIMON.

Je vois qu'on se moquera de toi.

EUGÉNIE.

Pourquoi ? si cela n'est ni bien ni mal.

LISIMON.

On se moquera de toi sans raison, car rien au monde n'est plus indifférent que de mettre une plume à droite ou à gauche, mais tu n'auras pas suivi l'usage, tu auras préféré ton goût au goût général,

EUGÉNIE (*l'interrompant*).

J'aurai eu tort.

LISIMON.

Oui, si l'on se moque de toi.

EUGÉNIE.

Je voudrois bien qu'on s'en mocquât.

LISIMON (*bas à Perci*).

Vous entendez. (*à Eugénie haut*). Ecoute, ma chère enfant, tu sais combien je t'aime, tu sais que je ne t'ai jamais trompée.

EUGÉNIE (*l'interrompant*).

Voici quelqu'un.

SCÈNE VII.

Les Acteurs précédens.

CÉPHISE.

CÉPHISE (*faisant des révérences & examinant la contenance de tout le monde, Eugénie répond à toutes ses révérences d'un air d'intelligence & de plaisir*).

ARAMINTE n'est pas ici, c'est incroyable, il y a plus d'un quart-d'heure qu'elle m'a quittée pour aller chez Léonore, qui n'est pas bien depuis un mois. (*à Lisimon*) Vous permettez, Monsieur, que je l'attende ici.

LISIMON.

Madame.

CÉPHISE.

Je serois désespérée de vous y arrêter une minute de plus que vous ne comptiez.

LISIMON.

Madame.

CÉPHISE.

Nous sommes si frivoles, nous autres femmes, que je ne suis jamais surprise, lorsque nous mettons les gens sensés en fuite.

LISIMON.

Madame.

CÉPHISE (*regardant Perci*).

Monſieur n'eſt pas auſſi loin de notre ſphère.

PERCI.

Chacun s'en rapproche à ſa manière, & je gagerois que la mienne ne vous amuſe pas toujours.

CÉPHISE *à Liſimon.*

Vous avez là, Monſieur, le plus charmant enfant qu'il ſoit poſſible de voir, elle eſt belle & grande comme ſa mère, il faudra bientôt ſonger à la marier.

EUGÉNIE.

Cela ne dépend que de mon papa.

LISIMON (*prenant la main d'Eugénie*).

Lorſqu'il le faudra, ma fille, ce ſera le plus cher de mes ſoins.

EUGÉNIE *à Liſimon.*

Si vous voulez.

CÉPHISE (*interrompant Eugénie & s'adreſſant à Liſimon*).

Vous êtes un excellent père. (*elle regarde Eugénie*) Mais on eſt ſi bonne fille! on aime tant ſon papa!

SCÈNE VIII.

Les Acteurs précédens.

ARAMINTE.

LISIMON.

MADAME permet (*Lisimon & Nérine sortent.*

SCENE IX.

ARAMINTE, CEPHISE, EUGÉNIE, PERCI.

ARAMINTE (*pendant qu'Eugénie suit des yeux Lisimon, Araminte regarde la plume d'Eugénie, la montre à Céphise, & lève les épaules*).

PARDON, Madame, je me suis presque oubliée chez Léonore... & vous me voyez désolée de l'état affreux où je viens de la laisser : c'est une chose étonnante que l'effet de quatre jours d'une indisposition même assez légère, sur une femme qui n'a qu'un peu de teint, & pas un trait qu'on puisse remarquer, oh, je vous la garantis à faire peur avant qu'elle ait trente ans.

PERCI *à Eugénie.*

Voilà comme tes bonnes amies te plaindront si jamais tu deviens laide. Fais-toi estimer des hommes, Eugénie ; cela n'est pas difficile, il te suffit pour cela de ne pas les estimer trop eux-mêmes.

EUGÉNIE.

Je vous assure que je m'en soucie fort peu.

PERCI.

Très-bien, mais défie toi des femmes ; ce n'est pas qu'il n'y en ait, & beaucoup, de très-estimables ; mais.... le plus sûr est d'être toujours sur tes gardes. (*Pendant que Perci a parlé à Eugénie, Céphise a fait signe à Araminte d'écarter Perci*).

ARAMINTE *à Perci.*

J'ai fait quelques réflexions, Monsieur, sur notre conversation de ce matin, je veux vous les communiquer. Madame voudra bien excuser, c'est l'affaire d'une minute.

PERCI.

Si vous aviez enfin, enfin, ma chère sœur, formé le projet d'être un peu raisonnable.

ARAMINTE.

Vous en jugerez.

SCÈNE X.

CEPHISE, EUGÉNIE.

CÉPHISE.

RAISONNABLE! Auroit-elle coupé vos beaux cheveux? Non, vous ne sauriez imaginer, ma chère enfant, combien je suis outrée d'une pareille action : mais elle en est bien punie ; on ne soupçonneroit jamais que vous ayez une boucle postiche. Cela ne ressemble non plus à une boucle postiche..... Il me tarde de vous voir délivrée de l'esclavage où elle vous tient. Mais à propos, ces lettres que nous avons trouvées sur votre table, vous les avez lues?

EUGÉNIE.

Oui, Madame.

CÉPHISE.

Ne sont-elles pas de Dorante & de Valère?

EUGÉNIE.

Oui, Madame.

CEPHISE.

Je croyois bien avoir reconnu l'écriture : ils vous aiment, n'est-ce pas?

EUGÉNIE.

Oui, Madame, Dorante dit qu'il m'épousera si je veux, & je vous assure.

CÉPHISE, *(l'interrompant)*.

Valère a le même dessein, j'en répondrois : eh, qui ne vous épouseroit pas?

EUGÉNIE.

Eh bien, Madame, qu'ils me demandent à mon papa, j'aime autant l'un que l'autre, pourvu que je forte d'avec maman, je suis contente.

CÉPHISE (*elle porte la main à la boucle postiche d'Eugénie, qu'elle raccommode avec affectation, Eugénie soupire*).

...... Tout bien considéré, je ne sais s'il convient d'instruire sitôt votre papa. (*Eugénie fait un geste de surprise*) Il faudra bien l'instruire, jamais on ne doit rien cacher à son papa; mais il s'agit du tems où l'on doit parler; Lisimon a un foible étonnant pour votre mère, je meurs de peur qu'il ne lui fasse part de vos idées

EUGÉNIE.

Quand elle les sauroit, si mon papa les approuve?

CÉPHISE.

Le succès ne dépend pas uniquement de vous & de votre père.

EUGÉNIE.

En dépendra-t-il davantage, si maman n'est pas instruite?

CÉPHISE.

Non, mais n'augmentera-t-elle pas la difficulté par mille obstacles secrets?

EUGÉNIE.

Oh, certainement, si elle le peut; cependant elle ne m'aime pas, elle devroit être enchantée que je me séparasse d'elle.

CÉPHISE.

Voyez si vous voulez en courir les risques;

moi je compte bien parler à Lisimon, n'en doutez pas, mais je ne choisirois pas ce moment-ci : au reste essayons, parlons, si cela réussit mal... vous aurez acquis un peu d'expérience. Oh, l'expérience est une chose unique.

EUGÉNIE.

Ah! si je ne haïssois pas tant le Couvent, je me ferois Religieuse tout-à-l'heure.

CÉPHISE.

Et demain?

EUGÉNIE (*après un geste d'impatience & d'un ton décidé*).

Que faut-il faire?

CÉPHISE.

Me laisser, entre nous, ménager vos intérêts, par exemple, on est dans une gêne affreuse, on voudroit avoir un peu de liberté, cela est bien raisonnable : il se présente deux jeunes gens, on voudroit avoir le plus aimable, cela est bien naturel : cependant vous ne connoissez ni l'un ni l'autre; eh bien, faites vos remarques, je ferai les miennes, nous nous les communiquerons, dans fort peu de jours nous les saurons par cœur, & vous vous déciderez.

EUGÉNIE.

Mais, Madame, cela m'est égal, j'aime autant l'un que l'autre.

CÉPHISE.

C'est que vous ignorez les regrets qu'on se prépare lorsqu'on fait un mauvais choix : croyez-moi, rien ne peut en garantir qu'une étude réfléchie des caractères; & le secret de l'homme le plus dissimulé n'échappera pas long-tems à vos yeux, aidés de ceux de l'expérience ; mais prenez garde, beaucoup de prudence, une jeune Demoiſelle doit ſe reſpecter : je ne dois pas même vous cacher une vérité un-peu dure ; après être mariée, il faut commencer par faire ſa réputation, & ce n'eſt guères qu'après un mois ou ſix ſemaines de mariage, qu'une femme eſt en droit de tout dire & de tout faire, ſans que perſonne puiſſe le trouver mauvais.

EUGÉNIE.

Ah, que je voudrois être mariée !

CÉPHISE.

Eh... l'on peut entrevoir aujourd'hui que cela ne tardera pas : mais je vous le répète, beaucoup de circonſpection ; ſi vous croyez... car l'honnêteté du cœur & l'étendue de l'eſprit, ne ſuffiſent pas toujours pour ſavoir ſe déterminer, mais enfin ſi vous croyez que..... (*d'un ton affirmatif*) la bienſéance exige que nous répondions aux lettres qu'on nous écrit, entendez-vous ? ſi vous le croyez, il faudroit

EUGÉNIE (*croyant l'interrompre*).

Eh bien, Madame, vous verrez mes réponſes.

CÉPHISE (*avec une chaleur affectée*).

Ce n'eſt qu'à cette condition que je ne m'opposerai pas formellement à ce que vous en faſſiez : ce ſont de ces choſes... oh, ſouvenez-vous bien que je vous aime aſſez pour les ſupprimer, ſi....

EUGÉNIE (*croyant encore l'interrompre*).

Puiſque vous les verrez, qu'avez-vous encore à chercher ?

CÉPHISE.

Rien, vous êtes d'une prudence étonnante pour votre âge.

SCÈNE XI.

ARAMINTE, PERCI, CEPHISE, EUGÉNIE.

ARAMINTE (*à* PERCI).

CE n'étoit point votre avis, ce n'eſt plus le mien, n'en parlons plus.

PERCI (*regardant alternativement Céphiſe & Eugénie*).

Parlons ſeulement de la converſation d'Eugénie & de Céphiſe pendant notre abſence.

CÉPHISE.

Vous y trouverez le papa, la maman, la prudence néceſſaire dans toutes les démarches.

PERCI (*à Céphiſe*).

Vous n'avez pas dit quelque méchanceté en attendant l'occaſion d'en faire?

CÉPHISE (*d'un air ſérieux*).

Il eût été difficile d'en placer ici d'aucune eſpèce.

PERCI (*du même ton*).

Plaiſanterie à part, ſi l'on dit de vous un peu de mal, on en dit auſſi un peu de bien; par exemple, le Public qui vous accuſe d'une brouillerie dans le marais, vous fait honneur d'un raccommodement dans le fauxbourg Saint-Honoré.

CÉPHISE.

Le Public est une bête, & Cériante, de qui vous tenez ce mauvais propos, est un étourdi, que je suis toujours surprise de trouver chez des femmes qui prétendent se respecter ; il y a long-tems que je lui ai fermé ma porte.

PERCI.

C'est fort bien fait ; Cériante est réellement une de ces pestes de société, qui n'ont pas même la discrétion de mépriser une femme sans le lui dire, & à toute la Nature.

SCÈNE XII.

Les Acteurs précédens.

URANIE (*elle entre en minaudant, ensuite salue Perci avec un air de dignité, Eugénie se met un peu derrière Céphise, & temoigne par ses gestes qu'Uranie lui déplaît*).

ARAMINTE.

URANIE est charmante de venir souper avec nous.

URANIE (*en minaudant*).

Non, ma Reine, cela ne se peut, ma Reine, c'est impossible, ce qui s'appelle impossible de toute impossibilité, mais, demain, (*riant d'un air ingénu & enfantin*) si quelqu'un vous parle de moi, dites que j'y ai soupé.

EUGÉNIE (*à part*).

Toujours quelque myſtère.

ARAMINTE.

Je comprends.

PERCI.

Cela eſt pourtant preſque inintelligible.

URANIE (*à Perci d'un air de dignité*).

Non, Monſieur, tout le monde ſait qu'il a plu au Ciel de m'affliger du mari le plus ridicule, le plus tyrannique, le plus étrange qui ait paru depuis la formation de l'eſpèce.

EUGÉNIE (*à part*).

Voilà bien maman.

URANIE.

Un homme qui n'imagine point de ſpectacle plus auguſte, qu'une femme de qualité qui vit bourgeoiſement avec ſon mari, ſes enfans.

EUGÉNIE (*à part*).

Avec qui donc? Oh la vilaine bête, c'eſt comme (*elle regarde ſa mère, s'arrête & ſe compoſe*).

URANIE.

Pour donner une repréſentation brillante de cette Pièce du Haut-Comique, cet homme a jugé à propos d'engager à ſouper un tas de gens, qui me déplaiſent infiniment d'ailleurs;

EUGÉNIE (*à part*).

Qui ne te déplaît pas?

URANIE.

De ces gens qu'on appelle raiſonnables, & qui le ſont à donner des vapeurs.

EUGÉNIE (*à part*).

Je voudrois bien ſavoir qui tu inviterois, toi.

(*Araminte se dérange un peu pour voir Eugénie, qui reprend vîte sa contenance ordinaire, & recule bientôt un peu plus derrière Céphise*).

URANIE.

Il ne me parle de cette délicieuse partie, qu'après qu'elle est décidée, arrangée.

EUGÉNIE (*à part*).

Est-il possible ?

URANIE.

Il auroit eu la cruauté de me forcer d'y paroître au moins un instant.

EUGÉNIE (*à part*).

Cela fait trembler.

URANIE.

Je m'en suis dispensée, en disant que j'étois engagée chez Madame, & je cours me renfermer.

EUGÉNIE (*à part*).

Bon voyage.

PERCI.

Eh non, soupez ici réellement, je vous en défie.

EUGÉNIE (*à part*).

Non, va-t-en, va-t-en, va-t-en.

URANIE.

Il faut que je me retire, vous jugez bien que j'ai de l'humeur, & vous me trouveriez aussi maussade qu'aucun de ces paquets que je veux éviter.

EUGÉNIE (*à part*).

Grand-merci, je mourois de peur.

PERCI.

Vous serez moins maussade dans votre boudoir, c'est contre l'ennui la ressource la mieux imaginée.

EUGÉNIE (*à part*).

Je n'en partirois pas si j'en avois un.

URANIE (*en minaudant à Céphise*).

Eh bon jour, Madame, je suis comblée de vous voir (*Uranie & Céphise s'embrassent*).

EUGÉNIE *à part*. (*pendant ces aparté Araminte fait de grands signes à Eugénie, trop occupée pour s'en appercevoir.*

Oui, la masque ne peut la souffrir.

URANIE (*à Céphise*).

Savez-vous qu'il y avoit un siècle

CÉPHISE.

C'est une chose affreuse que la quantité d'affaires dont j'ai été accablée depuis trois jours.

URANIE.

On ne se fait point à ces privations-là.

EUGÉNIE (*à part, se détournant d'un air confondu*).

Oh la traîtresse, elle a dit à maman de s'en débarrasser.

ARAMINTE (*bas à Uranie, pendant qu'Eugénie se détourne*).

Un mot je vous supplie sur la plume.

URANIE (*se retournant avec dignité vers Eugénie, à qui elle commence à faire une révérence, qu'elle n'achève pas*).

Mademoiselle (*elle se détourne & rit sous son éventail. Eugénie sans répondre ôte sa plume qu'elle met dans sa poche*). Mais Mademoiselle, pourquoi donc ôter votre plume, elle vous alloit si bien, placée comme elle étoit). *Uranie se détourne encore en riant sous son éventail*).

EUGÉNIE (*très-posément*).

Oui, Madame, si bien, que vous ne pouvez vous empêcher d'en rire : je l'avois placée là par enfance, je l'y ai laiſſée par étourderie, (*vivement*) ou par entêtement, comme vous voudrez, Madame, mais je ſais auſſi-bien que vous, que l'uſage eſt de la mettre à gauche; & je ſais de plus que vous, que cet uſage n'eſt de lui-même ni beau ni laid, ni bon ni mauvais; ſi vous l'aviez ſçu comme moi, vous auriez fait comme Madame (*elle montre Céphiſe*) elle n'a pas ri.

ARAMINTE.

Voulez-vous vous taire, Mademoiſelle?

EUGENIE.

Pourquoi voulez-vous que je me taiſe quand on ſe moque de moi?

ARAMINTE.

Pourquoi vous y expoſez-vous?

EUGÉNIE.

Eh bien, je m'y ſuis expoſée, j'ai été punie; Madame s'eſt expoſée à ſavoir ma façon de penſer, je la lui ai dite.

ARAMINTE.

Voulez-vous bien faire des excuſes à Madame?

EUGÉNIE.

Oh! je vous aſſure que je n'en ai pas la moindre envie. (*Perci rit malgré lui*).

URANIE (*en s'en allant d'un aïr piqué*).

Vous aurez de la peine, Madame, à corriger ce que Monſieur trouve ſi charmant.

ARAMINTE (*la ſuivant*).

Ah! Madame, j'eſpère que vous imaginez combien je ſuis déſolée de cet excès d'impertinence.

PERCI (*préſentant la main à Céphiſe*).

Nous le ſommes auſſi, ſans doute, vous

& moi, Madame. Cependant.... il faut aller souper (*à Eugénie en riant*). Tu es un petit monstre, & demain... je te ferai gronder par ton papa.

EUGÉNIE.

Il avoit bien dit qu'on se moqueroit de moi : mais il n'avoit pas dit que je le souffrirois tranquillement.

SCÈNE XIII.

EUGÉNIE, NÉRINE.

EUGÉNIE.

AH ! viens que je te conte ; ma chère Nérine. Je t'assure que je suis enchantée.

NÉRINE.

Dites donc vîte : car vous voyez bien, si l'on étoit à table, quand vous descendrez.

EUGÉNIE.

Descendre pour entendre maman recommencer son rabachage ? non, écoute, cela vaut bien mieux que d'aller me faire gronder ; ... d'ailleurs (*elle prend un ton grave*) j'ai des lettres à écrire.

NÉRINE.

Des lettres à écrire !.... à qui, s'il vous plaît ?

EUGÉNIE.

EUGÉNIE.

Je ne le dirois pas à mon père, vois si je te le dirai.

NÉRINE.

Vous ne le diriez pas à votre papa? vous me faites trembler.

EUGÉNIE.

Je le lui dirai, mais il n'est pas encore tems.

NÉRINE.

Oui, Mademoiselle, & peut-être qu'alors il ne sera plus tems.

EUGÉNIE (*croise les bras & fixe Nérine*).

.... Tu ne sais pas ce dont il s'agit, & tu veux parler, te voilà bien.

NÉRINE.

Ai-je besoin de savoir autre chose?

EUGÉNIE (*l'interrompant*).

Si tu dis un mot.... ah! fort bien, fort bien; (*d'un ton sérieux*) je t'aime à la folie quand tu fais tout ce que je veux (*elle carresse Nérine*), cette pauvre Nérine! apporte la table, non, écoute; va, va, j'écrirai & parlerai en même-tems (*elle l'arrête*). Tu connois cette belle Uranie, va donc (*elle la pousse & la ramène*) avec ses grands airs & ses petites graces (*elle contrefait Uranie*). Non ma Reine; cela ne se peut ma Reine; Eh bien, n'a-t-elle pas voulu se moquer de moi à cause de ma plume?

NÉRINE.

Vous voyez, Mademoiselle, je vous avois bien dit, avant de rien savoir cependant.

EUGÉNIE.

Quoi? que m'avois-tu dit? (*elle contrefait Nérine*) parce qu'on ne la met pas là......

Pourquoi ?... parce qu'on la met ailleurs..... Pourquoi ?.. parce que tout le monde vous dira comme moi.... crois-tu que si une autre me dit une bétise, je le croirai plus que toi ?... Tiens, Nérine, mon papa fait bien de te dire de ne pas chercher de raisons quand tu n'en sais pas, il m'en a bien donné, lui ; il m'a dit qu'on se moqueroit de moi : je le sais à présent.

NÉRINE.

Pourquoi l'avez-vous donc fait ?

EUGÉNIE.

Parce que je voulois le savoir.

NÉRINE.

Parce que vous vouliez le savoir : il y a pourtant bien des choses qu'il ne faut pas qu'une Demoiselle sache.

EUGÉNIE.

Pourquoi ?

NÉRINE.

Parce qu'une Demoiselle ne doit pas tout savoir.

EUGÉNIE.

Ne voilà-t-il pas encore de tes raisons ? *(avec un air de dépit)* eh, quand tu ne sais pas, dis, je ne sais pas... Je le demanderai à d'autres ; lorsque j'ai dit à mon papa que je voulois tout savoir, il m'a bien dit que je saurois tout, & qu'il auroit soin de me faire instruire de ce qu'il n'auroit pas le tems de m'apprendre, mais que tout ne pouvoit pas s'apprendre en un jour : c'est une bonne raison que cela.

SCÈNE XIV.

EUGÉNIE, NÉRINE, LEFRANC.

LE FRANC.

MADEMOISELLE, il y a déja long-tems qu'on eſt à table.

EUGÉNIE.

Tu m'ennuyes.

LE FRANC.

Mademoiſelle.

EUGÉNIE.

Laiſſe-moi tranquille.

LE FRANC.

Mademoiſelle.

EUGENIE (*en frappant du pied*).

Veux-tu t'en aller?

LE FRANC.

Mademoiſelle.

EUGÉNIE.

Je ne veux pas ſouper. (*le Franc s'en va*).

SCÈNE XV.

EUGÉNIE, NÉRINE.

EUGENIE.

VOIS-TU? je lui donne une bonne raiſon, il s'en va; mais il faut, il ne faut pas, jamais de raiſons, ou des raiſons qui me mettent en colère (*d'un air de dépit*); & toujours comme cela depuis que je ſuis au monde, avec toutes ces bêtes qu'on m'avoit données pour m'apprendre quelque choſe & qui ne ſavoient rien; (*elle contrefait ſa première Bonne*), le loup vous mangera, ma petite. (*Elle en contrefait une autre*). Vous brûlerez, Mademoiſelle, dans une grande chaudière d'huile bouillante..... L'avez-vous vue, Madame, cette grande chaudière?... Non, Mademoiſelle, & j'eſpère que le Ciel m'en gardera... J'eſpère bien qu'il m'en gardera auſſi.

SCÈNE XVI.

EUGÉNIE, NÉRINE, LEFRANC.

LE FRANC.

MADEMOISELLE.

EUGÉNIE.

Je ne veux pas ſouper.

LE FRANC.

Madame ſe fâche.

EUGÉNIE.

Ne ſe fâche-t-elle pas toujours?

LE FRANC.

Mademoiſelle.

EUGÉNIE.

Je ne veux pas, je ne veux pas, je ne veux pas; le veux-tu par écrit? (*Le Franc s'en va en riant*).

SCÈNE XVII.

EUGÉNIE, NÉRINE.

EUGÉNIE.

NE voudra-t-elle pas me faire manger par force à préſent ? (*Elle agite ſes pieds & ſes mains*). Hom, hom, hom, je m'impatiente, je m'impatiente, je m'impatiente ; Nérine, je m'impatiente.

NÉRINE.

Vous me feriez pleurer & rire tout-à-la-fois.

EUGÉNIE (*riant & avec humeur*).

Pourquoi me fais-tu rire auſſi ? mais dis donc que j'ai raiſon.

SCENE XVIII.

EUGÉNIE, NÉRINE, PERCI.

PERCI (*en riant & ouvrant les bras*).

VIENS, ma chère petite, viens ſouper.

EUGÉNIE.

Non, je n'irai pas.

PERCI.

Viens, je t'en prie.

EUGÉNIE.

Oh! je n'irai pas.

PERCI.

Que penſera ta mère?

EUGÉNIE.

Ce qu'elle voudra.

PERCI.

J'avois promis que tu deſcendrois.

EUGÉNIE.

J'avois promis que je ne deſcendrois pas.

PERCI.

Que dirai-je à ta mère?

EUGÉNIE.

Que j'ai mal à la tête: n'eſt-ce pas comme cela qu'elle dit, quand il n'y a que MONSIEUR à dîner?

PERCI (*il prend la main d'Eugénie*).

Tu ſais que ta mère cherche tous les moyens

de juſtifier ſes vivacités à ton égard : elle dit que tu ne fais rien que par caprice, par entêtement, je lui ſoutiens qu'il n'y a rien qu'on n'obtienne de toi, lorſqu'on ſait te le demander : ai-je tort? (*Eugénie rêve*). Viens, ma chère, deſcendons (*il l'emmène*).

EUGÉNIE (*d'un air d'humeur*).

Vous êtes comme mon papa, vous me faites faire preſque tout ce que vous voulez.

PERCI (*entendant monter avec précipitation*).

J'entends ta mère, viens par ici, nous ſerons aſſis quand elle reviendra.

SCENE XIX.

ARAMINTE, NERINE.

ARAMINTE.

COMMENT! il faut que je me donne la peine de monter moi-même? (*elle regarde de tous côtés*) où eſt-elle?

NÉRINE (*en tremblant*).

Elle deſcend, Madame. (*Araminte double le pas & ſort*).

SCÈNE XX.

NÉRINE, *seule.*

PERCI (*en dehors*).

AH! Madame.

NÉRINE.

Ah Ciel! que fait-elle à ce pauvre enfant ? (*Nérine sort précipitamment*).

ACTE IV.

SCÈNE PREMIÈRE.

ARAMINTE, PERCI.

PERCI.

VOTRE fille ne vous voit plus, ne vous entend plus, tonnez maintenant tant qu'il vous plaira.

ARAMINTE.

Convenez-vous du moins que j'ai été pouſſée à bout? Il n'y a rien à ſuppoſer aujourd'hui, tout s'eſt paſſé ſous vos yeux.

PERCI (*faiſant effort pour parler avec modération*).

Oui, Madame, tout, tout. Votre violence, l'étonnement preſque ſtupide d'Eugénie; vos invectives, ſes gémiſſemens; vos duretés, ſon déſeſpoir; je vous ai vu frémir auſſi de l'état affreux où vous l'aviez réduite, mais à peine ce léger témoignage de votre ſenſibilité l'a-t-il rendue à elle-même; vous revenez aux reproches, vos emportemens recommencent, & je ſuis obligé de vous arracher d'auprès d'elle, pour vous empêcher de l'accabler de nouveau.

ARAMINTE.

Ah! c'eſt peut-être ce cri de la Nature que je n'ai pu étouffer lorſqu'elle a voulu attenter à ſa vie, qui me fera perdre le fruit du parti que j'ai trop tardé à prendre, & que je devois mieux ſoutenir; vous l'aviez garantie de ſes premiers tranſports, vous veilliez à ceux qui pouvoient ſuccéder, je devois y paroître inſenſible, & feindre même de l'encourager.

PERCI.

Apparemment pour voir expirer de colère ou de douleur, un enfant que cette foibleſſe que vous vous reprochez, avoit précipitée dans vos bras; Madame.... abuſez-vous, ſi vous le pouvez, ſur vos procédés, mais vous ne les juſtifierez aux yeux de qui que ce ſoit.

ARAMINTE.

Comment! Monſieur, je n'ai pas dû tenter, pour la corriger, l'unique moyen que je n'euſſe pas mis en uſage?

PERCI.

Eſpérez-vous la corriger, en l'aviliſſant à ſes propres yeux?

ARAMINTE.

Eſt-ce l'avilir que de la forcer de reconnoître mon autorité?

PERCI.

Eſt-ce lui donner une juſte idée de l'autorité maternelle, que de la traiter, comme il ſeroit affreux de traiter un Eſclave?

ARAMINTE.

Eſt-ce la traiter en Eſclave, que de la punir d'avoir auſſi inſolemment refuſé d'obéir à des ordres réitérés?

PERCI.

Eſt-ce par la violence que vous adoucirez un eſprit aigri ? eſt-ce par des fureurs que vous aſſouplirez un caractère indiſcipliné, qui ſe révolte à la moindre réprimande, même méritée, lorſqu'elle eſt accompagnée d'humeur ?

ARAMINTE.

Il faudra donc toujours ou trembler de l'irriter, ou m'occuper des moyens de l'adoucir, & devenir moi-même ſon Eſclave ?

PERCI.

Si vous l'euſſiez été dans le tems où la Nature vous faiſoit un devoir de l'être, on reſpecteroit vos ordres aujourd'hui, par conviction quand ils ſeroient raiſonnables, par tendreſſe & par habitude, ou plutôt par compaſſion, quand ils ſeroient abſurdes, comme ils le ſont le plus ſouvent.

ARAMINTE.

Compaſſion ? . . . . . . Eh bien, Monſieur, puiſque je ne dois plus eſpérer qu'on m'obéiſſe, que par pitié, & que je ne puis renoncer au droit de commander à ma fille, qu'on s'arrange, que dès demain elle ſorte d'ici où j'en ſortirai.

SCENE II.

PERCI.

SI j'étois Lisimon, je ne serois pas embarrassé sur le choix, je vais le trouver.... Non, le malheureux ne sera que trop tôt instruit; épargnons-lui du moins une nuit d'amertume, & courons à cet enfant.

SCENE III.

EUGÉNIE, NERINE, PERCI.

PERCI (*courant à Eugénie*).

Viens, ma bonne amie.

(EUGENIE *avance d'un air égaré, précédée de Nérine, dont elle tient fortement une main avec les deux siennes, elle regarde de tous côtés*).

NÉRINE.

RASSUREZ-VOUS, ma chère petite.

PERCI (*courant à elle*).

Ne crains rien, ma chère Eugénie, viens, je suis seul (*il la prend des mains de Nérine qui avance un fauteuil, dont le bruit fait frissonner Eugénie, qui se retourne avec frayeur du côté d'où vient le bruit*). Ne crains rien, je suis avec toi.

EUGÉNIE (*elle se jette dans le fauteuil, avec les signes de l'accablement*).

Ah Ciel ! ah Ciel !

PERCI.

Eugénie, ma chère Eugénie.

EUGENIE (*brusquement*).

Que voulez-vous ?

PERCI.

Que tu sois .... un peu plus tranquille.

EUGÉNIE.

De la tranquillité ? quand ceux ..... ah ! (*elle se lève avec vivacité, Perci l'arrête*).

PERCI.

Où veux-tu aller ? j'irai avec toi.

EUGENIE (*avec colère*).

Laissez-moi sans vous... Oh Ciel ! je serois heureuse à présent.

PERCI.

Et ton père ?

EUGÉNIE (*elle se rejette dans le fauteuil*).

S'il étoit ici du moins ! (*Elle pleure, Nérine court*).

PERCI.

Demeurez, Nérine ; voulez-vous aller percer le cœur de ce malheureux ? Eh ! ma chère Eugénie, s'il te voyoit dans cet état... il mourroit de douleur.

EUGÉNIE (*elle frémit, se lève avec vivacité & appelle Nérine*).

Nérine. (*Nérine s'approche, Eugénie saisit la robe de Nérine avec ses deux mains, & dit avec différens accens de douleur*). Ah, mon père ! ah, mon père ! (*avec véhémence*) mon père, mon père !

SCÈNE IV.

Les Acteurs précédens.

ARAMINTE, CÉPHISE.

ARAMINTE.

VOUS entendez, Madame, (*Eugénie se jette dans les bras de Perci*) elle appelle son père ; elle est bien sûre que s'il étoit ici, il trouveroit que j'ai tort. Je suis déterminée à ne vous point céder Mademoiselle, (*Eugénie la regarde fixement, mais elle tient toujours la main de Perci*). Je vous apprendrai ce que vous me devez, puisque votre père ne veut pas vous l'apprendre, & j'aurai grand soin d'instruire toute la Ville de la façon dont je vous aurai traitée, afin qu'on me rende justice, & qu'on sache que je ne suis pas aussi une imbécille. (*Elle veut s'approcher d'Eugénie, Perci s'y oppose*). Oh, je la réduirai.

EUGÉNIE (*avec tranquillité & abandonnant la main de Perci*).

Laissez-là faire; qu'elle me tue, je serois heureuse d'être morte.

PERCI (*à Araminte*).

Je fais appeller mon frère si vous ne descendez.

CÉPHISE (*à Perci*).

Je crois effectivement, Monsieur, que Madame devroit descendre.

ARAMINTE.

Et vous aussi, Madame, contre moi maintenant?

PERCI (*à Araminte*).

Descendons, je vous en supplie, Madame, (*il l'emmène*).

ARAMINTE (*à Eugénie*).

Continuez, Mademoiselle, tout le monde vous étaye. (*Céphise les suit de l'œil, jusqu'à ce qu'ils soient sortis*).

SCÈNE V.

CEPHISE, EUGÉNIE, NERINE.

CÉPHISE.

NÉRINE, vous pouvez nous laisser (*Nérine sort en pleurant*).

SCÈNE

SCENE VI.

EUGÉNIE, CÉPHISE.

EUGÉNIE (*après avoir regardé de tous côtés*).

NE me trompez-vous pas avec vos démonstrations de pitié.

CÉPHISE.

Vous tromper !

EUGÉNIE.

Emmenez-moi dans ce moment-ci chez vous ; demain vous ferez venir mon papa, vous lui direz qu'il se présente deux partis ; écrivez tout-à-l'heure à Dorante ou à Valère si vous voulez, ou bien à tous les deux, cela m'est égal, qu'ils s'arrangent : je suis déterminée à regarder comme mon libérateur, le premier venu qui voudra me mettre à l'abri des violences de ma mère...! Vous hésitez.

CÉPHISE.

Vous voulez sortir d'ici : vous savez ce dont nous sommes convenus. (*Eugénie désapprouve de la tête*). C'est ne différer que sur le tems & la manière d'exécuter, à bien dire, le même projet.

EUGÉNIE.

Cela me regarde, & je décide.

CÉPHISE (*à part*).

Quelle tête ! heureusement j'en ai une aussi.

EUGÉNIE.

Que dites-vous, Madame ?

CÉPHISE.

Je dis que cela eſt juſte, mais . . . ſi nous prévenions votre papa dès ce ſoir.

EUGÉNIE.

Oh non, Madame, je vous en ſupplie, je ſuis ſûre qu'il me feroit changer d'avis, & j'en mourrois de dépit.

CÉPHISE.

N'auriez-vous pas demain la même foibleſſe à redouter ?

EUGÉNIE.

Non, je détournerai les yeux, quand vous lui direz que je ſuis tout-à-fait décidée.

CÉPHISE (*avec un geſte d'empire*).

Il vous ordonnera de le regarder.

EUGÉNIE (*ſe redreſſant & avec tranquillité*).

Tant mieux, Madame, je n'en ferai rien.

CÉPHISE.

Il vous dira qu'il n'eſt pas décent

EUGÉNIE.

De la décence ! c'eſt maman qui en parle toujours ; que voulez-vous dire avec votre décence ?

CÉPHISE.

Avant de vous l'expliquer, permettez, qu'eſt-ce que le mal ? vous ſavez

EUGÉNIE (*l'interrompant*).

Le mal ? . . . le mal ? . . . je ne ſai pas, Madame, mais je ne vous parle pas de mal, & vous me parlez de décence.

CÉPHISE.

N'en parlons pas ſi vous voulez, mais Liſimon vous dira qu'une fille bien née ne doit pas diſpoſer d'elle avec tant de précipitation.

EUGÉNIE, *avec vivacité.*

Il ne faut pas qu'une fille bien née ſe marie ?

CÉPHISE.

Pardonnez-moi, ſouvent même, dit-on, le plutôt n'eſt que le mieux.

EUGÉNIE.

C'eſt le cas où je ſuis ; vous rêvez, Madame ?

CÉPHISE.

Laiſſez-moi réfléchir un peu.

EUGÉNIE.

A quoi cela ſert-il ?

CÉPHISE.

Quelquefois à trouver des moyens qui ne ſe préſentoient pas à la première idée.

EUGÉNIE.

Réfléchiſſez-donc vîte.

CÉPHISE.

Le cas eſt embarraſſant, il faut ou renoncer à l'avantage qu'il y auroit à vous obliger, ou peut-être, ſe compromettre infiniment : cependant c'eſt le ſeul moyen de forcer Liſimon à ſe prêter un peu, à des meſures qui ſeroient dictées impérieuſement, par des circonſtances qu'avec un peu de malignité, on pourroit interpréter d'une manière déſagréable.

EUGÉNIE.

Sans doute.

CÉPHISE.

Mais Araminte .... votre mère .... avec qui .... je romprai certainement, mais cela n'est pas fait, & jusques-là vous sentez..... ce sont de ces égards d'usage, de bienséance.

EUGÉNIE.

Avec leur bienséance.

CÉPHISE.

Votre mère qui sauroit que j'ai été instruite, instruite..... de vos projets ? que j'aurois pu m'y opposer ? . . . oh cela seroit très-mal, très-mal en vérité.

EUGÉNIE.

Comment, Madame ?

CÉPHISE (*l'interrompant*).

Remarquez-donc ce que c'est que d'être instruite .... je ne dois pas être instruite.

EUGÉNIE.

Si ce n'est que cela. (*On sent que la situation actuelle d'Eugénie augmente sa difficulté ordinaire de se refuser aucun des mouvemens qui peuvent dépeindre la succession de ses idées & de ses sentimens*).

CÉPHISE, (*l'interrompant*).

Je ne dois pas être instruite sans vous dire les choses les plus fortes.

EUGÉNIE (*avec des gestes d'impatience*).

Bon.

CÉPHISE.

Attendez, je songe.

EUGÉNIE (*à part*).

Oui, songe, diable, à tes choses les plus fortes.

CÉPHISE.

Oui (*elle regarde Eugénie avec intérêt, & va ouvrir la porte de l'anti-chambre*). La Fleur, mon manteau.

EUGÉNIE (*avec un geste de surprise & de transport*).

Ha !

SCENE VII.

Les Acteurs précédens.

LA FLEUR.

LA FLEUR.

LE voici, Madame.

CEPHISE (*elle fixe la Fleur*).

..... Croyez-vous que je ne le vois pas quand vous me le présentez ? C'est inconcevable qu'il faille vous rappeller, que je ne veux pas, je ne veux pas qu'on me parle, qu'on me regarde même, à moins que je n'interroge.... Je vous l'ai dit plus d'une fois ; j'espère que celle-ci sera la dernière. ... C'est inconcevable, en vérité, inconcevable..... (*elle prend brusquement le manteau des mains de la Fleur*). A deux heures précises vous serez sur le petit escalier pour me conduire à ma voiture, mon Cocher a la minute (*elle le congédie de la main*).

EUGÉNIE (*bas à Céphise*).

Les lettres.

CÉPHISE.

La Fleur. (*à Eugénie*) Rien ne vous échappe.

(*la Fleur retourne les yeux baissés, Céphise va chercher du papier, une plume & de l'encre, qu'elle remet à la Fleur*) dans la pièce à côté. (*elle le congédie*). La Fleur, cherchez quelqu'un pour porter les lettres que je vais écrire. (*elle le congédie*). La Fleur, Jasmin peut les porter, il n'y a que deux pas. (*à part*). Il faut se servir de ses gens. (*elle congédie la Fleur*).

SCENE VIII.

EUGÉNIE, CÉPHISE.

EUGÉNIE (*s'avançant, d'un air satisfait, pour prendre le manteau*).

A présent, Madame..... (*Céphise sans paroître s'appercevoir du mouvement d'Eugénie, s'enveloppe dans son manteau, Eugénie à part*). La vaurienne le fait-elle exprès? (*Céphise continue*) Mon Dieu! mon Dieu! (*Eugénie fait plusieurs gestes de découragement*).

CÉPHISE.

Quoi donc? vous m'affligez; à quoi sert-il d'avoir autant d'esprit, de pénétration (*d'un ton foible*) de raison? Je vois bien... (*elle va mettre son manteau sur un fauteuil près de la porte*) que je ne dois pas songer encore à vous quitter. (*elle regarde quelque tems Eugénie*). Je ne puis vous rien dire.... je meurs d'envie de vous obliger.... c'est à vous d'accorder ce désir avec .... la nécessité ... d'échapper ... c'est-à-dire, moi, aux justes reproches d'Araminte. (*Eugénie examine Céphise qu'elle tâche de pénétrer*). Calmez-vous donc, c'est pour ce moment-ci, pour ce moment-ci tout ce que vous avez à faire.

EUGÉNIE (*ingénuement*).

Vraiment si je croyois

CÉPHISE (*l'interrompant*).

Croyez, vous devez croire tout ce qui peut vous tranquilliser.

EUGÉNIE (*toujours les yeux fixés sur Céphise, & s'avançant par degrés entre Céphise & le fauteuil sur lequel est le manteau*).

Si vous alliez rejoindre maman : je crois que je serai plus tranquille quand je serai seule.

CÉPHISE.

Vous le voulez, j'y vais, mais de la tranquillité, de la raison, du courage sur-tout.

EUGÉNIE.

C'est mon affaire. (*Eugénie va prendre de la cire à-cacheter, & la donne à Céphise*).

CÉPHISE.

Je l'avois oubliée : il n'y a que vous qui songiez à tout. Cher enfant.

SCÈNE IX.

EUGÉNIE, *seule.*

ELLE meurt d'envie de m'obliger ; elle n'ose, elle craint de désobliger ma mère, qu'elle n'aime plus : voilà de ces gens qui recommandent aux autres d'avoir du courage, & qui prétendent avoir de l'amitié ; elle ne me dit seulement pas, prenez mon manteau, mes gens qui ne me regardent jamais, trompés par ce déguisement, vous conduiront à ma voiture, & croiront m'y conduire ; elle croit faire assez en mettant son manteau près de ma porte, & si je ne comprends pas qu'elle veut dire oui, quand elle dit non, il faut que je reste encore exposée à tous les emportemens d'une mère qui me déteste. . . . prenons ce manteau ; * * * (*on verra ci-après la raison des trois astériques, qu'on vient de remarquer*). Bon, voilà Nérine à présent. (*Elle s'éloigne un peu du manteau, dont elle tâche d'ôter la vûe à Nérine*).

SCÈNE X.

EUGÉNIE, NÉRINE.

EUGÉNIE.

L'ON dira encore que c'eſt moi qui ai tort. (*à Nérine*). Que veux-tu ?

NÉRINE.

Rien, Mademoiſelle, je venois . . .

EUGÉNIE.

T'ai-je ſonné ?

NÉRINE.

Non, Mademoiſelle.

EUGÉNIE.

Pourquoi viens-tu donc ?

NÉRINE.

Je croyois, Mademoiſelle, que. . . .

EUGÉNIE.

Que ?

NÉRINE.

Que. . . .

EUGÉNIE.

Que ?

NÉRINE.

Que. . . .

EUGÉNIE.

Oh ! cette femme me fera mourir.

NÉRINE (*prenant la main d'Eugénie*).

Je croyois que mon pauvre enfant voudroit ſe coucher.

EUGÉNIE (*carressant Nérine*).

Je t'assure, ma chère Nérine, que cela ne se peut pas, j'en suis bien fâchée, mais enfin que veux-tu que j'y fasse ? cela ne se peut pas absolument.

NÉRINE.

Il est si tard !

EUGÉNIE.

Eh bien, suppose pour un moment que j'ai décidé que je ne me coucherois pas.

NÉRINE.

Si vous l'avez décidé, je suis bien éloignée... de vouloir... mais du moins... ne feriez-vous pas mieux dans votre chambre ?

EUGÉNIE.

Tu me laisseras tranquille quand je serai dans ma chambre ?

NÉRINE.

Je vous laisserai tranquille aussi-tôt que vous serez....

EUGÉNIE.

Que je serai ? Allons, dépêche-toi.

NÉRINE.

Déshabillée seulement.

EUGÉNIE.

Déshabillée pour ne pas me coucher ?

NÉRINE.

Non, pas déshabillée...., si vous voulez, mais... seulement sur votre lit, comme vous êtes là précisément, cela ne s'appelle pas être couchée.

EUGÉNIE.

Tu t'en iras après ?

NÉRINE.

Mon Dieu ! pourvu que je vous aie un peu arrangée, mis quelque chose.... sur votre tête.

EUGÉNIE.

Non.

NÉRINE.

Sur vos bras, sur vos pieds, il fait tant de froid.

EUGÉNIE.

Tu m'arrangeras vîte ?

NÉRINE.

Dans un clin-d'œil.

EUGÉNIE.

Viens, passes là (*elle fait passer Nérine entre elle & le fauteuil, sur lequel est le manteau de Céphise*).

ACTE V.

SCENE PREMIERE.

EUGÉNIE (*elle ſort de ſa chambre un bougeoir à la main, elle va le mettre ſur la table, & ſoupire*).

J'AI eu bien de la peine à m'empêcher de dire à Nérine que je m'en allois ! mais elle n'auroit pas entendu raiſon comme Céphiſe ; elle auroit averti mon papa dès ce ſoir, & je ſuis décidée à quitter maman, je ne la verrai plus, c'eſt inutile, je ne veux pas même emporter ſon portrait . . . (*elle détache ſon bracelet, & examine le portrait de ſa mère*). C'eſt bien dommage qu'elle ſoit ſi méchante . . . . ſi elle avoit cet air là quelquefois quand elle me regarde. . . (*elle ſoupire & remet ſon bracelet*). J'entends du bruit. . . . quelqu'un, (*elle prend ſon bougeoir & l'éteint*). Je parie que l'heure va ſonner. (*Elle rentre dans ſa porte de façon à ne pas être apperçue de le Franc & Liſette, qui arrivent de deux côtés oppoſés, chacun un bougeoir à la main*).

SCENE II.

EUGÉNIE (*sans être apperçue*) LE FRANC, LISETTE.

LE FRANC.

Ou vas-tu ?

LISETTE, *d'un air triste.*

Chez Nérine. (*Eugénie avance un peu la tête*).

LE FRANC.

J'en viens, je croyois t'y trouver, mais ne va pas plus loin, le diable n'en arracheroit pas une parole.

LISETTE (*allant mettre son bougeoir sur la table*).

La pauvre malheureuse !

LE FRANC.

.... Si tu la voyois ! (*Eugénie qui s'est retirée avec précaution au premier mouvement de Lisette, s'avance encore à mesure que Lisette va rejoindre le Franc*). Elle pleure, elle soupire ; elle étoit couchée toute habillée sur son lit, elle s'est levée tout exprès pour me mettre dehors, & a fermé sa porte. (*Eugénie se retire avec l'air de l'accablement*). Mais elle va dormir, & demain elle rira, voilà le chagrin des femmes : moi, j'allois chez toi, j'ai du chagrin aussi, & je ne suis pas comme Nérine ; quand j'ai du chagrin, il dure, je ne manque jamais de songer à tout celui que j'ai eu, & à tout celui que j'aurai.

LISETTE.

Vraiment après ce qui s'est passé (*Eugénie se montre & écoute avec curiosité*) qui n'auroit pas du chagrin? Maltraiter son enfant devant le monde! Quand j'y songe, moi, qui vois toutes ses folies pour sa maudite chienne, avec qui elle a des conversations comme avec une personne. (*Eugénie prend un air décidé de vengeance*).

LE FRANC.

Oui, c'est bien l'entendre, battre sa fille, & parler raison à sa chienne; mais ce n'est pas tout, & comme on dit, une bonne idée conduit à une meilleure. Lisette parle-moi naturellement, es-tu décidée à te marier avec moi?

LISETTE.

Oui, comment (*Eugénie redouble d'attention*).

LE FRANC.

Marier, là, sérieusement.

LISETTE.

Sans doute.

LE FRANC.

Sors d'ici dès demain. (*Eugénie rentre avec un air de satisfaction*).

LISETTE.

Sors d'ici! pourquoi?

LE FRANC.

Tiens Lisette, il faut de l'argent, c'est sûr, mais il faut de l'honneur, on a beau dire; il faut de l'honneur.

LISETTE.

Qui te dit le contraire?

LE FRANC.

Toi.

LISETTE.

Moi?

LE FRANC.

Toi-même.

LISETTE.

Quand?

LE FRANC.

Tous les jours.

LISETTE.

Tu rêves.

LE FRANC.

Je ne rêve pas, écoute; mon père me disoit; ah! c'étoit un honnête-homme que mon père; il est mort gueux, j'ai hérité de sa misère & de son honnêteté. Il me disoit, je m'en souviendrai toujours, honnêtes gens tu verras, honnête-homme tu seras.

LISETTE.

Qui ne sait pas cela?

LE FRANC.

Attends, attends, il me disoit aussi, mauvaises gens tu hanteras, mauvais sujet tu deviendras, m'entends-tu à présent?

LISETTE.

Hélas, oui, je t'entends, mais mon pauvre le Franc, si tu savois! les places honnêtes sont si rares.

LE FRANC.

Il faut les chercher.

LISETTE.

Les chercher ? eh mon ami, si l'on étoit si regardant au jour d'aujourd'hui, la moitié des domestiques seroit sur le pavé, & il y auroit bien encore quelques-uns des autres qui ne seroient pas sûrs d'être long-tems en place.

LE FRANC.

Veux-tu que je te cherche une condition ?

LISETTE.

Laisse-moi finir mon année, les gages sont forts ici, sans compter les petits profits.

LE FRANC.

Finir ton année ! Ah, Lisette, quand je songe que tu en as passé dix à gagner de gros gages & de petits profits, il faut que je t'aime bien pour croire....

EUGÉNIE (*à part, après les avoir considéré quelque tems les bras croisés*).

Ils ne sortiront point. (*Lisette fait un mouvement de frayeur*).

LE FRANC (*avec vivacité*).

Tu ne sortiras pas ? ... Eh bien .... (*d'un air triste*) demeures. (*Eugénie balance, examine si elle peut sortir sans être apperçue, & rentre désolée*). Le Ciel veuille te garder mieux que tu ne te gardes toi-même. Mais je veux prendre mes précautions, je m'étois bien douté que tu me donnerois des si, des mais, j'ai préparé un écrit que tu signeras, ou rien de fait. (*Il tire son papier*).

LISETTE.

Oh ! je signerai tout ce que tu voudras, donne.

LE FRANC.

LE FRANC.

Écoute d'abord, il faut ſavoir ce qu'on ſigne.

» Conventions préalablement faites & paſ-
» ſées entre Thomas le Franc & Jaqueline
» Foiblon, dite Liſette «, en conſidération deſquelles, & non autrement, ledit Thomas promet de ſe conjoindre en légitime mariage avec ladite Jaqueline ; ſavoir :

ARTICLE PREMIER.

» NE pourra ladite Jaqueline, ſous le pré-
» texte & allégation de ce qu'elle aura vu &
» entendu dans toutes les conditions où elle
» aura ſervi, juſqu'au jour dudit mariage,
» prétendre en aucune façon ; appartenir ſoit
» en tout ſoit en partie, à quelque autre qu'à
» ſon mari ledit Thomas ; qui jouira ſeul de
» tous les droits, revenans bons, priviléges
» & prérogatives annexées audit état du ma-
» riage, à l'excluſion de tous allans & venans,
» & même domiciliés, ſans aucune exception
» ni réſerve mentale «.

LISETTE.

Tu as bien peur.

LE FRANC.

Dix années de gros gages..... & de petits profits.

LISETTE.

Lis, lis.

LE FRANC.

ARTICLE II.

EUGÉNIE (*à part*).

Article deux !

LE FRANC *à Lisette.*

Hem ?

LISETTE, *d'un air tremblant.*

Mon ami, j'ai toujours la voie de cette petite dans les oreilles.

LE FRANC.

Moi aussi, ce que c'est que l'imagination !

ARTICLE II.

EUGENIE (*se retirant d'un air furieux*).

Article, article.

LE FRANC (*après avoir regardé du côté d'où vient le bruit, secoue la tête*).

AR (*il regarde Lisette qui met ses mains sur ses oreilles*).

LISETTE.

Lis à présent. (*Le Franc laisse tomber ses deux mains, & continue à regarder Lisette sans rien dire*). Lis donc.

LE FRANC (*baissant avec action les mains de Lisette*).

Secoue la tête, mais ne bouches pas les oreilles, si tu veux que je lise.

ARTICLE II.

» Ne pourra la susdite Jaqueline se dispen-
» ser d'être toujours avec ses filles, ainsi que
» de leur apprendre elle-même à lire, coudre,
» tricoter, faire de la tapisserie, le tout par

» forme de divertiſſement, tant pour elle que » pour ſes dites filles ; ſe gardera pareillement ladite Jaqueline, ſous le prétexte ordinaire de mettre ſes dites filles, en état » de faire plus aiſément, promptement & » agréablement leur chemin, de prier ledit » Thomas, leur père, de leur faire apprendre » à danſer, chanter, faire des modes, leſdits » métiers étant reconnus par ledit Thomas, » pour incompatible : avec celui d'honnête » fille «.

LISETTE.

Incompatible ?

LE FRANC.

Preſque incompatible, ſi tu veux, mais c'eſt égal avec moi.

LISETTE.

Pourſuis donc.

LE FRANC.

ARTICLE III.

» Ne pourra, ſous aucun prétexte généralement quelconque, ladite Jaqueline » frapper, maltraiter, & excéder ſeſdites » filles (*Eugénie avance la tête & écoute*) ſans » avoir préalablement atteint & convaincu » ledit Thomas de la néceſſité deſdits coups, » excès & maltraitemens, néceſſité à laquelle » ledit Thomas croit avoir ſuffiſamment » pourvu par l'Article deux deſdites conventions : pourra cependant ladite Jaqueline, » ſi la rage de battre la domine, l'exercer ſur » tous épagneuls, doguins, angolas (*Eugénie*

» *approuve de la tête & de la main)* ſinges, babouins, perroquets, &c. qu'il lui eſt & ſera loiſible de ſe procurer auxdites fins & raiſons.

» Auquel Article trois, ſpécialement, la ſuſdite Jaqueline ſe ſoumet de cœur, de corps & d'eſprit, ſous peine de vingt coups de bâton, en cas de contravention contre ledit Article, ſans que ladite Jaqueline puiſſe, pour raiſon de tous ou un chacun deſdits coups, ſi le cas y écheoit, former aucune demande, ſoit en caſſation, ſéparation, penſion, dommages, &c. auxquelles demandes & prétentions, ladite Jaqueline a renoncé & renonce à pur & à plein par ces préſentes «.

LISETTE.

Vingt coups de bâton, mon ami!

LE FRANC.

Je t'en donnerois morbleu plutôt trente (*avec feu*).

ARTICLE IV.

(EUGÉNIE *fort bruſquement, arrache le bougeoir des mains de le Franc & le jette par terre*).

EUGÉNIE.

Vous ne me laiſſerez pas tranquille?

(LISETTE & LE FRANC *ſortent fort vîte*).

❦

SCENE III.

EUGÉNIE, (*seule*).

AH! que je voudrois que maman entendît comment ses gens parlent d'elle ; ils la quitteroient tous s'ils savoient où aller ; & si j'avois parlé à Nérine, je suis sûre qu'elle seroit venue avec moi ; c'est parce que je n'ai pas voulu me coucher qu'elle ne s'est pas déshabillée ; ah, ma chère Nérine, si j'étois bien sûre, bien sûre.... prenons ce manteau.... *** le cœur me bat.... oh ! par exemple, je voudrois bien savoir pourquoi.... (*elle avance & retire sa main, & s'éloigne un peu*). Si un autre en faisoit autant, je m'en moquerois...... *elle marche d'un air décidé, & met courageusement la main sur le manteau, la pendule sonne deux heures, Eugénie tombe sur le fauteuil*). Ah Ciel!... c'est bien pis.... je n'en puis plus... mes jambes tremblent.... mes forces m'abandonnent quand j'en ai le plus besoin... voilà le courage de Céphise. Mais peut-être aussi que Céphise avoit raison quand elle vouloit.... Oui... oh oui, je crois que j'aurois dû parler à mon papa,... ou du moins à Nérine: (*elle entend du bruit*) voici quelqu'un ; oh, si l'on croit me retenir malgré moi (*elle prend le manteau, s'y enveloppe en courant & sort*).

SCENE IV.

LISIMON (*un bougeoir à la main*).

EUGÉNIE ne manque jamais d'entrer chez moi avant de se retirer, elle n'est pas encore venue, cela m'inquiète, seroit-il possible qu'elle ne fût pas encore couchée? (*Il voit la porte d'Eugénie entr'ouverte*). Elle ne l'est pas, sa porte est ouverte. (*Il avance doucement & ouvre entièrement la porte*). Elle n'est pas couchée. (*Il met son bougeoir sur la table & regarde sa montre*). Deux heures: (*il regarde la pendule*) oui, deux heures passées; ah! mon frère, laisser un enfant veiller aussi tard!... Eh! si cet inconvénient étoit le seul... cependant mon frère est avec elle, il ne la quittera pas;... n'importe, mon frère a tort; qu'Eugénie soit avec sa mère tout le tems que la bienséance peut l'exiger, pourvu que j'y sois ou mon frère, mais quelle bienséance peut exiger qu'une jeune personne de quatorze ans ne soit pas retirée à deux heures.... Je suis trop foible.... quel parti prendre?... l'emmener à la campagne? Il est tems qu'elle voie un peu le monde, qu'elle en apprenne les usages; les usages de ce monde là, bon Dieu! j'aimerois cent fois mieux qu'elle fût morte; oui, je l'aimerois mieux. O Nature, Nature! on parle de tes plaisirs.... hélas!.... grace à l'esprit du jour, je ne connois que tes peines.... Je ne ſors point d'ici qu'Eugénie ne ſoit retirée; & ne me couche point ſans avoir vu mon frère; il aura beau dire; il a tort. (*Liſimon ſe jette dans un fauteuil vis-à-vis la porte d'Eugénie*).

SCENE V.

PERCI (*entrant un paquet de lettres à la main, & parlant à quelqu'un dans l'anti-chambre*).

QU'ON exécute mes ordres; je réponds de tout. (*Il court à la chambre d'Eugénie & revient*).

LISIMON (*ſe levant avec précipitation*).

Mon frère, mon frère.

PERCI.

Un moment, mon frère, je ſuis à vous (*à part*). Ne ſeroit-elle point chez Nérine?

SCENE VI.

LISIMON (*rapidement*).

QU'A-T-IL? que veut-il? où va-t-il? que cherche-t-il? (*Il s'avance vers la porte par laquelle Perci eſt ſorti*).

SCÈNE VII.

LISIMON, PERCI.

PERCI (*d'un air égaré*).

AH, mon frère! Eugénie.

LISIMON.

Eugénie.

PERCI.

Pardon, mon frère, il me reste une espérance (*il court & sort*).

LISIMON (*étendant ses bras vers lui*).

Eh, mon frère!

SCÈNE VIII.

LISIMON, LE FRANC, COMTOIS, LA FLEUR, le Cocher de CÉPHISE.

(*Une des portes s'ouvre avec force, Lisimon se détourne de ce côté. Le Franc & Comtois tiennent chacun au collet un des gens de Céphise*).

LE FRANC.

TU ne te sauveras pas damnable gueux. (*à Lisimon*). Monsieur voici le Cocher.

COMTOIS.

Monsieur voici un de ses Laquais, l'autre est sorti.

LISIMON.

Qu'ont-ils fait ?

LE FRANC & COMTOIS.

Je ne sais pas ; (*Comtois seul*) mais ce n'est pas pour rien que Monsieur votre frère

LISIMON.

Ciel ! .. ô Ciel ! .. seroit-ce donc en vain.

SCENE IX.

Les Acteurs précédens.

EUGÉNIE, NÉRINE, PERCI.

PERCI (*tenant une des mains d'Eugénie*).

VIENS ma chère Eugénie (*aux gens*) sortez. (*Ils sortent*).

EUGÉNIE (*se précipitant dans les bras de son père*).

Ah, venez vîte, je m'en allois.

LISIMON.

Quoi, ma fille.... Nérine.... Perci.

PERCI.

Rien de mal; le Ciel n'a pas encore puni le crime, mais il a sauvé l'innocence. (*à Eugénie en l'embrassant*). Je ne savois pas combien j'aimois ce petit démon, (*il l'embrasse encore*).

LISIMON.

Tu t'en allois, Eugénie!

EUGÉNIE.

Si vous saviez comment elle m'a traitée.

LISIMON.

Tu me quittois, ma fille!

EUGÉNIE.

Je ne vous quittois pas, j'allois chez Céphiſe, où vous ſeriez venu demain; j'ai paſſé chez Nérine pour l'emmener dès ce ſoir, elle n'a rien dit, & m'a conduite tout droit à votre chambre, où mon oncle nous a trouvées; nous cherchions alors ce que nous devions faire, & je crois que nous partions ſi mon oncle eût tardé; ah mon papa, quand il m'a dit que vous étiez inquiet!

LISIMON (*il prend Eugénie qu'il ſerre dans ſes bras, pendant qu'il regarde Nérine*).

Ma chère Nérine... ah, ma fille.... y avoit-il long-tems que tu projettois d'aller chez Céphiſe?

EUGÉNIE.

Non, elle eſt venue cet après-midi dans ma chambre, & je crois bien que c'eſt elle qui a mis deux lettres ſur ma table, car elles n'y étoient pas quand maman a coupé mes cheveux, enſuite ce ſoir Céphiſe m'a dit de ne remettre qu'à elle les réponſes que j'y ferois.

PERCI (*à Eugénie*).

C'eſt ce qu'elle t'a dit lorſque je t'ai quitté pour parler à ta mère.

EUGÉNIE.

Oui. (*Liſimon regarde Perci qui baiſſe la tête*).

LISIMON.

Tu ne m'avois parlé ni de lettres, ni de cheveux coupés.

EUGÉNIE.

Je ne vous ai vu qu'avec mon oncle, & lorſque vous avez dit que Céphiſe venoit, je vous ai dit que je voulois vous parler avant qu'elle entrât.

[illegible]

[illegible]

[illegible]

[illegible]

[illegible]

[illegible]

[illegible]

[illegible]

[illegible]

LISIMON, *bas à Perci.*

Cetre négligence pouvoit avoir des ſuites encore plus cruelles.... Je frémis ... (*à Eugénie*). Un mot alors, ma chère Eugénie, nous eût ſauvé à tous bien de la peine. Où ſont les deux lettres que Céphiſe t'a données. (*Eugénie tire les lettres de ſa poche, Perci les prend*).

PERCI.

Êtes-vous aſſez tranquille ?

LISIMON.

Je vois ma fille.

PERCI.

Liſez d'abord celle-ci ; elle eſt de Valère, il me l'envoie dans ce moment-ci par un de ſes gens.

LISIMON (*pendant qu'il lit haut, Perci lit bas les lettres qu'il a priſes des mains d'Eugénie, Nérine parle bas à Eugénie*).

» Je me ſuis trop légèrement prêté à ce » qu'on appelloit une plaiſanterie «.

PERCI.

Je conçois : la plaiſanterie étoit ces deux lettres qu'Eugénie vient de me donner.

LISIMON (*il regarde ſa fille avec compaſſion*).

» Une plaiſanterie (*il continue de lire* j'en » ſoupçonne dans ce moment-ci l'importan- » ce, & je me hâte de vous inſtruire, puiſſé- » je l'avoir fait à tems : lorſque le péril ſera » paſſé, vous pouvez, Monſieur, choiſir le » moment d'apprendre à l'honnête-homme » de père, ce qu'il ne doit pas ignorer. Le » ſtyle de la lettre que Céphiſe m'écrit de » chez Araminte à une heure & demie, m'a » fait juger du contenu d'une autre pour Do-

» rante, qu'elle croyoit chez moi, je l'ai dé-
» cachetée, j'arrête le Laquais de Céphise jus-
» qu'au retour du mien : il faut que sa Mai-
» tresse sache que je vous ai envoyé ses lettres,
» & qu'elle peut m'adresser Dorante, s'il trouve
» mauvais que j'aie intercepté celle qui étoit à
» son adresse «.

PERCI.

Lisez maintenant ces deux-ci ; l'une est de Valère, & l'autre est de Dorante.

NÉRINE (*bas à Eugénie*).

Vous voyez.

EUGÉNIE.

Oui, mais c'étoit avant qu'il falloit voir.

LISIMON (*après avoir lu*).

Celle-ci est d'un malheureux, que l'exemple du vice n'a pas encore perdu ; l'autre est ... de Dorante.

PERCI.

Vous pouvez maintenant lire les lettres de Céphise à Dorante & à Valère (*pendant que Lisimon lit bas, Eugénie & Nérine ont les yeux attachés sur lui ; Perci regarde Eugénie avec un air de commisération ; Lisimon après avoir lu regarde sa fille avec attendrissement, & va se jetter dans un fauteuil ; Eugénie, Perci, Nérine, accourent auprès de lui*).

EUGÉNIE.

Qu'avez-vous mon papa ?

LISIMON. (*Il pousse un profond soupir*).

Ma fille, mon cher enfant, je ne te fais aucun reproche, je suis plus coupable que toi ; pourquoi, par un égard absurde, criminel même, puisqu'il s'agissoit .... mais toi .... comment imaginer les horreurs dont une femme artificieuſe eſt capable ? comment prévoir les ſuites funeſtes d'une ſeule démarche faite à mon inſçu & dictée par la paſſion ? la honte dont tu te couvrois ; la néceſſité accablante de fuir à jamais les regards du Public ; l'impoſſibilité plus affreuſe de te dérober aux tiens ; la déſolation de ta famille qui partageoit ton opprobre ; le déſeſpoir de ton père, trop peu vertueux pour n'être pas le bourreau .... ou plutôt la victime de l'homme vil ... *(il frémit)* c'étoit la main d'Eugénie qui m'entraînoit au tombeau !

EUGÉNIE *(d'un air égaré).*

Mon père au tombeau ! ... *(elle ſe jette par terre, & par un ſecond mouvement ſaiſit les genoux de ſon père, qu'elle ſerre avec force, & dit d'un ton ſourd & décidé)* je meurs auſſi.

LISIMON.

Qu'ai-je dit, malheureux ! eh ma fille *(à Perci)* jamais ſur mes gardes. Eugénie, Eugénie, Nérine, parlez-lui ; ma chère enfant, c'eſt moi-même, je ſuis dans tes bras, n'es-tu pas dans les miens ? Eugénie, ma chère Eugénie, tu n'entends plus ma voix, ma chère Eugénie, la voix de ton père, *(il ſe renverſe dans ſon fauteuil, & laiſſe tomber ſes bras ſur Perci & ſur Nérine)* il t'aimoit ſi tendrement !

EUGÉNIE *(revenant à elle-même par degrés, & attachant les yeux ſur ſon père).*

M'aimera-t-il encore ?

LISIMON.

Tu ne me quitteras plus.

EUGÉNIE *(dans l'attitude de la douleur & du repentir).*

Ah mon père !

SCENE X.

Les Acteurs précédens.

ARAMINTE.

ARAMINTE (*elle s'arrête quelque tems avec un air d'étonnement*).

.... EUGÉNIE à genoux!... (*à la voix d'Araminte, Lisimon & Eugénie se lèvent, Eugénie beaucoup plus vîte, elle a bientôt dévoré ses larmes & pris une contenance noble & tranquille*). Mes ordres & mes menaces n'ont jamais pu l'obtenir : cela est humiliant, aussi humiliant, que de voir Céphise consignée chez moi par l'ordre de Monsieur (*elle montre Perci*).

LISIMON.

J'aurai soin, Madame, qu'elle ne soit plus exposée à ce désagrément. (*à Perci*) Dites, mon frère, qu'on la laisse sortir.

EUGÉNIE (*bas à Nérine*).

Porte-lui son manteau. (*Nérine vient pour détacher le manteau*).

ARAMINTE (*d'un air d'étonnement & de colère*).

Oh! pour ce trait-ci, je le sens encore plus profondément que tout le reste.

PERCI.

Avant de vous décider sur l'espèce de sentiment propre à la circonſtance, permettez que je lève la conſigne. *(à la porte de l'anti-chambre)*. Dites au Suiſſe de laiſſer ſortir Céphiſe.

EUGÉNIE *(à Nérine)*.

Tu me fais mourir.

NÉRINE.

Il eſt noué.

EUGÉNIE.

Caſſe. *(Eugénie caſſe elle-même le nœud, Nérine porte le manteau & revient peu après, & ſe tient en arrière du côté de Liſimon)*.

PERCI *(à Araminte)*.

Liſez.... ces deux mots *(Araminte frémit, regarde Eugénie, enſuite Liſimon, & baiſſe les yeux)*.

ARAMINTE *(à part)*.

Je ſuis atterrée.

LISIMON.

Sortez Nérine.

ARAMINTE *(à Nérine)*.

Demeurez *(à Liſimon d'un ton ferme & décent)*. Je ne cherche point, Monſieur, à diſſimuler ma confuſion; jointe à d'autres ſentimens elle doit m'honorer; d'ailleurs il ſeroit juſte que vous en jouiſſiez, ſi votre ame n'étoit pas au-deſſus d'un pareil triomphe; *(elle ceſſe de regarder Liſimon)* mais ſur cet article comme ſur beaucoup d'autres, ce n'eſt pas à vous que j'en ai impoſé, vous ſavez ſi je puis avoir des doutes ſur l'élévation de vos ſentimens, qu'ai-je donc à dire? *(elle regarde Liſimon)*. J'ai toujours rejetté la propoſition d'aller dans vos terres, mais j'en ſuis ſi punie! *(Liſimon baiſſe*

baiſſe les yeux, Araminte ceſſe de le regarder).... Les obſtacles aujourd'hui ne viennent pas de moi, cela eſt juſte auſſi. Ma fille ... m'aiderez-vous à les lever? J'ai bien des torts!

EUGÉNIE (*hors d'elle*).

Ah! ah maman (*elle ſe précipite dans les bras de ſa mère, ſur les yeux de qui elle attache les ſiens...*) comme je vous euſſe aimé, ſi vous l'euſſiez voulu! (*Elle baiſe avec tranſport la main de ſa mère*).

LISIMON (*pendant qu'il parle, Eugénie a toujours les yeux attachés ſur Araminte, dont elle n'abandonne pas la main*).

Croyez moi, Madame, il eſt plus aiſé de vouloir que d'agir: prenez du tems pour réfléchir ſur les difficultés & les dédommagemens; ceux-ci l'emporteront ſans doute, mais il ſeroit fâcheux d'avoir entrepris ſi vous ne perſiſtiez pas; c'eſt un déſagrément auquel il ne faut pas vous expoſer; je n'y vois aucune apparence, mais il y a de la poſſibilité, cela ſuffit. Je vais à la campagne, & j'y mène ma fille; ſi dans un an vous vouliez partager notre ſolitude, la porte de votre mari ne doit pas vous être fermée.

EUGÉNIE (*à ſa mère*).

Ne vous inquiétez pas, je le tourmenterai tant.

LISIMON.

Ma fille embraſſez auſſi Nérine, vous avez vu combien votre mère l'eſtimoit. (*Eugénie embraſſe ſa mère avec tranſport, elle & Nérine ſe jettent dans les bras l'une de l'autre, Perci les preſſe dans les ſiens*).

FIN.

OBSERVATION

Sur l'alternative annoncée de quatre ou de cinq Actes.

Quelques Personnes ont jugé que la seconde Scène du cinquième Acte ralentissoit l'action, & suspendoit au moins l'interêt, que d'ailleurs elle étoit déplacée, parce qu'elle étoit plaisante. Après leur avoir communiqué la Pièce, avec les retranchemens qu'ils avoient désirés, ils ont trouvé l'action beaucoup plus rapide, & la Pièce meilleure. D'autres Personnes regrettèrent la Scène supprimée, ils la trouvoient excellente; 1°. parce qu'elle suspend la fuite d'Eugénie, qu'on ne désire certainement pas; 2°. parce qu'elle occasionne dans l'exécution de ce projet un changement qui prépare & amène mieux que dans les quatre Actes un dénouement tel à-peu-près qu'on pouvoit le désirer; 3°. parce qu'elle est originale, & que si les Interlocuteurs disent & font des choses très-plaisantes, c'est du plus grand sérieux & dans l'amertume de leur cœur; 4°. enfin parce qu'elle n'est rien moins qu'étrangère au but principal de la Pièce, ou pour mieux dire, que ce ſont les mêmes idées adaptées au Peuple, qui eſt quelque choſe dans la Société. Si la Pièce mérite d'être examinée, le Public prononcera ſur les deux opinions. Il ſuffit de dire ici que pour réduire la Pièce en quatre Actes, on n'a qu'à retrancher tout ce qui eſt renfermé entre les trois aſtériques, page 104, *& les trois autres aſtériques, page* 117, *& continuer enſuite ſans rien changer juſqu'à la fin.*

J'obſerverai encore, par rapport à cette ſeconde Scène du cinquième Acte, qu'il n'eſt peut-être pas poſſible (à moi certainement) *de la juger parfaitement qu'au Théâtre, où il eſt probable qu'on la rectifieroit, auſſi-bien que quelques autres Scènes d'une eſpèce aſſez nouvelle pour rendre très-circonſpect ſur ſon jugement, un homme qui fait ſon premier pas dans la carrière. Et cette épreuve du Théâtre, comment la deſirer, pour une Pièce qui n'a peut-être d'autre mérite que de préſenter les caractères ſous un point de vûe, que les Auteurs Dramatiques n'ont point encore ſaiſi, & bien digne, ce me ſemble, de fixer l'œil du génie ;* quel doit être le ſuccès de telle ou telle conduite ſur un caractère donné ; *problême important que tout le Public réſoudroit en s'amuſant, par la mé-*

thode que je propose : car enfin l'on ne peut contester qu'avec plus ou plus encore de ces qualités, dont je n'ai que l'idée, & que d'autres possèdent au degré nécessaire, l'Enfant Indocile *mieux conduit, au lieu d'annoncer le berceau du genre, en présenteroit la fraîcheur & la force, & prouveroit ma proposition qu'il est bien loin de démontrer.*

Mais les caractères qui peuvent paroître avec avantage au Théâtre, ne seront-ils pas bientôt épuisés ?

Oui, les caractères simples, & je n'en ai pas encore vu : les autres, par la variété, l'opposition des élémens qui les composent, offrent à l'Art, si je ne me trompe, des ressources longues & certaines pour ménager & amene rraisonnablement, ces surprises du plus grand effet, auxquelles on sacrifie quelquefois, non-seulement la vérité, mais encore la vraisemblance.

www.ingramcontent.com/pod-product-compliance
Ingram Content Group UK Ltd.
Pitfield, Milton Keynes, MK11 3LW, UK
UKHW020343230726
13925UKWH00003B/933

9 782014 066746